U0867113

非凡魔术团 ③

[美] 尼尔 · 帕特里克 · 哈里斯 / 著
赵婧 / 译

中信出版集团 | 北京

图书在版编目（CIP）数据

非凡魔术团 . 3 /（美）尼尔 · 帕特里克 · 哈里斯著 ;
赵婧译 . -- 北京 : 中信出版社 , 2021.9
书名原文 : The Magic Misfits: The Minor Third
ISBN 978-7-5217-3345-7

Ⅰ . ①非… Ⅱ . ①尼… ②赵… Ⅲ . ①儿童小说－长
篇小说－美国－现代 Ⅳ . ① I712.84

中国版本图书馆 CIP 数据核字（2021）第 148100 号

The Magic Misfits: The Minor Third by Neil Patrick Harris
Copyright © 2019 by Neil Patrick Harris
Published by arrangement with Kuhn Projects, LLC, through The Grayhawk Agency Ltd.
Simplified Chinese translation copyright © 2021 by CITIC Press Corporation
ALL RIGHTS RESERVED

本书仅限中国大陆地区发行销售

非凡魔术团 3

著　　者：[美] 尼尔 · 帕特里克 · 哈里斯
译　　者：赵婧
出版发行：中信出版集团股份有限公司
（北京市朝阳区惠新东街甲4号富盛大厦2座　邮编　100029）
承 印 者：天津海顺印业包装有限公司

开　　本：880mm × 1230mm　1/32　　印　　张：8.5　　字　　数：175千字
版　　次：2021年9月第1版　　印　　次：2021年9月第1次印刷
京权图字：01-2020-5677
书　　号：ISBN 978-7-5217-3345-7
定　　价：35.00元

版权所有 · 侵权必究
如有印刷、装订问题，本公司负责调换。
服务热线：400-600-8099
网上订购：zxcbs.tmall.com
投稿邮箱：author@citicpub.com

献给我伟大的父母罗恩和希拉，
是他们一直鼓励我读书、写作。

回到矿泉镇！

嘘！

看这里！

不，不是家具后面。

看这里！

不对！不在另一个房间。

我说的地方是这儿……

凑近点儿。近点儿。再近点儿……

对！我在这儿。

是我……我在这本书里呢！

书上的油墨就是我的声音，文字就是我心中的想法。

神奇吧！

你也在！能和你一同开启另一段旅程我真开心。

你会陪我的，对不对？

抱歉一开始就这么神神秘秘，不过只要你读读这本书——对，《非凡魔术团》第三部——就能明白我藏起来的原因了。这本书里的冒险行动比前面两本更加危险，更加变幻莫测，希望你们一定记住，非凡魔术团的少年们只能靠自己。请你认真思考两遍，该相信谁，该警惕谁。如果你仔细读过每一页文字，没准儿会找到从前没想到过的问题的答案线索。

神秘吧！

希望你还记得我们最爱的少年魔术师，他们是卡特·洛克（消失术大师）、莉娜·韦伦（逃脱艺术家）、希奥·斯坦因·迈尔（悬浮术大师）及瑞德利·拉森（转变术大师）。还有，谁会忘记奥利·古登和伊兹·古登这对双胞胎姐弟呢。

前两本书里，我们的少年魔术师击败了波·波·波索经营的一家罪恶的马戏团，阻止了桑德拉·桑托斯（埃斯梅拉达女士）和她狡诈的手下夺取丹特·韦伦先生的秘密账簿。韦伦先生是一家魔术商店的店主，也是莉娜的两个爸爸之一（当然你肯定早知道这一点了）。少年们还救了一只猴子、一对老鼠，登上巨橡园假日酒店剧场的舞台表演魔术（两次！），酒店下面就是他们温暖闲适的小镇矿泉镇。

好像我交代的背景故事太多了？可事实就是这样的！记不住也不用担心。这惊险的第三个故事将补缺你记不住的地方。

太棒啦！

说了这么多，你一定摩拳擦掌想马上读第一章了吧。可是进入正文前，我还是得打断一下……

如何阅读这本书

大概你已经知道我要讲什么啦，长篇大论地解释这本书如何展开魔术少年的故事、如何穿插讲述魔术教程。你应该还记得我说过，欢迎你跳过那些教程，只阅读故事情节部分。你还可以把书放在水池里，打开水龙头，泡上七个小时。但是，诚实地说，生活中总有一些想做但永远都不可以做的事情。

你也许还知道（你那么聪明，不是吗？），要学会魔术，必须不断地练习、练习，再练习。然后小睡一会儿，去上学，吃晚餐，然后再勤奋练习。一遍又一遍练习。要让朋友们相信你的技法，就不能有半点儿瑕疵。

所以，如果你已经明白这些事了——即便以前不知道，现在也明白了吧——我想你可以直接跳过这部分剩余的段落，继续读下去。唉，真希望我在更前面的地方说明这一点……

啊，你还在吗？你真贴心！真勤奋！好啦，好戏就要开始啦。我们继续吧。深呼吸，集中注意力，然后翻到下一页……

目录

第1章

希奥·斯坦因·迈尔常梦见自己飞起来了。

只要一躺到床上，楼下响起父母的鼾声，这些梦就开始了。接着，变戏法一般，他会发现自己的身体悬浮在床垫上方几英尺的空中，而后飘到窗边，猛地一拽窗框，便一头飞到了外面的夜色中。飞翔、俯冲、盘旋，空中的他如屋后鸽笼里的宠物鸽子一般自由自在。只要凝神聚气，身体就会按照意愿飞出去。

往上！往上！往上！再往上！

在空中自由飞翔的感觉，希奥觉得像极了拉小提琴——让音符在空气中跳跃、颤动、滑翔。飞行还启发了他对着惊奇的观众们，用魔术琴弓指挥物体上升、舞蹈。你瞧，音乐和魔术是希奥的两大爱好。当他可以同时施展这两样儿才能时，希奥就会无比热爱生活。

然而，最近几个夜晚的飞行之梦变得险恶起来。他的下方总有个暗影在镇里穿行，那是个高个儿男人，戴一顶礼帽，身披斗篷，脸隐在暗处。他在街上鬼鬼祟祟地走动，不停地朝人们家里窥探。飞在高处的希奥，听到他在悄悄念咒语，催眠人们去做坏事。

这个人正是卡拉根，也是给希奥和他的朋友们带来许多麻烦的人。卡拉根的真实身份是催眠师，很久以前住在矿泉镇，这个夏天他的手下多次出现在镇上，企图施行他的恶毒计划，是非凡魔术团及时阻止了他们的行动。希奥担心卡拉根会很快返回矿泉镇，亲自对付非凡魔术团。

梦里，希奥俯冲到低空，悄悄监视在黑暗街道上行进的卡拉根。随着他念咒语的声音越来越大，房屋之间的阴影似乎变得更加浓厚，透出危险的气息。

“必须……阻止……非凡……魔术团……”

卡拉根在说希奥和他的朋友们！

突然，催眠师快速移动起来，朝飞行的希奥伸出一只手，直将他拽向地面，希奥不禁尖叫一声。

“必须——阻止——非凡——魔术团！”坏蛋大声吼道。

希奥从梦中惊醒，喘着粗气，被单下的手脚乱作一团。他努力从噩梦中挣脱，深呼吸让自己平静下来。他颤抖着移到窗前，地平线上的树丛泛出微光，夏末的清晨渐渐苏醒。卡拉根会不会就在附近盯着自己？周围安静万分，然而希奥知道，这样的宁静维持不了多久了。（世界就是这样的。）不过现在，他只想把这些念头埋起来，让自己好好睡一觉。

不一会儿，矿泉镇就完全苏醒过来。车辆绕着小镇中心行驶，古色古香的商铺和摊位从车窗外渐次消逝，司机们寻找着稀缺的停车位。人行道上老老小小在散步，西装革履的男士女士从镇政厅和法院疾步进进出出。

天气很暖和，空气有些潮湿，不时吹来微风，令人神清气爽。如果小镇居民和游客仔细听，就能听到微风中传来阵阵悦耳的旋律——小提琴演奏的华尔兹舞曲。拉琴的是个穿燕尾服的男孩，他和朋友们聚在镇里公园的凉亭下，为即将到来的矿泉镇才艺秀做准备。

琴弓在弦上飞舞。希奥的朋友们卡特、莉娜、瑞德利、奥利、伊兹站在他身边。一只泰迪熊在他脚边跳跃、旋转，仿佛被施了魔法活过来一般。每当希奥加快节奏，泰迪熊也跳得更快；希奥慢下来的时候，泰迪熊像是能听懂一样舞姿也轻柔起来。

乐曲快到高潮时，泰迪熊在希奥眼前渐渐飘浮起来。一英寸，两英寸，三英寸，四英寸！当希奥演奏到最后一个音符，他把小提琴和琴弓挥到一边，伸出另一只手去抓泰迪熊。突然，远处一个黑影闪过，希奥抓了个空。

那身影和他梦里的坏人几乎一模一样。

“希奥！”

希奥眨了眨眼，环视四周，发现朋友们都在盯着他。他打了个寒战，不知道刚刚是不是眼花看错了。

“怎么了？”瑞德利问，红色的发卷随着脑袋颤动，“除了结尾，前面都很好！”

“对不起，”希奥不禁涨红了脸，答道，“我走神了。”

“最近我们也常常这样。”莉娜走上前来捏了捏他的胳膊肘安慰道。

“我的可不止走神那么简单，”奥利说，“它自己出去探险去了！”

“我的是离家出走啦！”他的双胞胎姐姐伊兹说。

“我的去洞穴探险啦！”

“我的乘蒸汽船去南极洲啦！”伊兹咯咯笑着说。

“我的已经跟南极熊成朋友啦！”奥利附和道。

“南极哪有熊！”瑞德利打断双胞胎。她摁下轮椅上的一个按键，“答案错误！”的声音响了起来。接着她笑了起来。

“非凡魔术团经历了太多事情，”卡特说，“有时没办法集中精力很正常，希奥。”

瑞德利叹了口气。“不能集中精力就没法赢得才艺秀。我们必须聚精会神，那可是笔不可小觑的奖金。”

距离矿泉镇才艺秀还有不到两周时间，镇上的许多居民都报名了，参加歌剧演唱、草裙舞、走钢丝、体操表演、朗诵等五花八门的才艺比拼。

“谁会小觑？”卡特说，“我还没见过那么多钱呢。如果赢了，我就能酬谢所有自我来矿泉镇以来帮助过我的人。如果还能剩下些钱，我想买个知名魔术师用的神奇柜子，能把舞台上的人变没的那种。”

“你不亏欠任何人，”莉娜回应她的表兄卡特说，“要是你能不时笑笑，大家就都开心啦。如果赢了，我想买个像我个头这么大的水箱，这样就能练习屏气技巧了。”

“我和奥利要买一双世上绝无仅有的、金光闪闪的踢踏舞鞋。”伊兹抢着说道。

“是你自己想要吧，姐姐。”奥利回道，“我要去学舞台搏击，这样下次再遭遇卡拉根那帮暴徒时，就能更好地应对了。”

“为什么不去学真正的搏击？”瑞德利翻着眼睛问，“这样不在台上的时候你也能打败别人。”

奥利眼睛一亮，说：“这个主意好！”

瑞德利微微点了点头。“要是能拿到这笔奖金，我要给我的轮椅升级，装上我正研究的新配件，这样我的轮椅就能变形了，变成赛车、飞机、坦克，再也没有人敢招惹我们！”她看着希奥说，希奥正盯着远处出神，“你呢，希奥，你打算怎么花那笔奖金？”

希奥回过神来。“去学跳伞。”他简短答道。他又看了看周围，寻找那个黑影，接着走下台阶捡回了泰迪熊。“呃，我们刚刚练到哪儿了？”

“想再排练下结尾部分吗？”瑞德利问道，“刚刚你几乎演奏得很完美啦。”

“几乎”，这个词在希奥脑袋里嗡嗡地响。那几乎就是一种侮辱。然而瑞德利是他自打记事起就一起玩的玩伴，他深知瑞德利并没有什么恶意。“这个技巧我以前表演得都很好，”希奥说，“刚刚就是分心了。你们继续。”

瑞德利走上前来，夸张地从她轮椅背后的袋子里扯出一串香蕉，接着从一众人中邀请莉娜挑一根，请她剥开。莉娜剥开皮时，里面的果肉竟然变成许许多多的果肉丁散落一地。

接下来是卡特，他用一件硕大的丝绸斗篷把自己从头到脚裹得严严实实，而后让双胞胎拉下斗篷。卡特的头竟然消失了！他的身体在凉亭里踉踉跄跄，甚至撞到了手里还拿着斗篷的伊兹。卡特接过斗篷又把自己裹了起来，不一会儿，当他扯下斗篷时，他的头竟又回来了。

“简直不可思议！”瑞德利直呼。

“谢谢！”卡特说，“我练了好几个礼拜啦。”

“要不要练习最后一幕？”莉娜问。

“当然要练你的那个固定节目啦，”瑞德利答道，“不过确定要把它作为最后一幕演出？”

“等会儿再定谁压轴，”莉娜说，“现在……”她指了指希奥，给了他一个提示。

希奥拿起小提琴放在下巴下，刺耳的琴声回荡在小镇上空。街上的行人纷纷停下了脚步。

“你们走你们的！”瑞德利大喊，“没什么可看的！”

莉娜对瑞德利一贯的粗鲁生硬翻了个白眼，继续自己的表演。几周前韦伦魔术商店遭遇抢劫，来的正是卡拉根那帮臭名昭著的哭丧脸小丑，他们企图偷走韦伦先生商店里十分重要的账簿。莉娜正是重现了当时的应对之法。

莉娜迅速用白色软绳把小丑们（此时由卡特、奥利、伊兹和瑞德利扮演）绑在一起，希奥在一旁奏着忧郁的旋律为其伴奏。临时扮演反派的朋友们在凉亭里站成一排，双手放在胸前。

“矿泉镇善良的居民们，”莉娜朝几个路人喊道，“我们魔术俱乐部需要一位志愿者来检查绳结是不是系牢了。有人愿意来帮忙吗？”

凉亭周围，人们面面相觑，犹豫着，不知该不该上前来。这时，五个熟悉的身影从对面街道走来。

希奥的琴弓滑了下来，小提琴发出刺耳的尖叫。

“我们来帮你。”五人中身形最壮的那人说着，走到了凉亭台阶下，其余的站在他两侧。走近了瞧，希奥确认他们就是今年夏天早些时候骚扰自己和魔术团伙伴们的那几个家伙。他只觉胃里一缩，仿佛有团羽毛在肋骨间窸窣作响。

卡特、奥利、伊兹和瑞德利都被莉娜的白绳捆着，不禁如希奥一般紧张起来。而莉娜竟招呼块头最大的男孩走上前来。“过来，”她说，“你叫什么名字？”

“你晓得呀，我是特雷弗。”他答道。希奥记得莉娜是认识这几个男生的，他们曾在同一班级里学习了一个学期。后来希奥转学去了私立学校，幸运地很少再碰见他们了。

莉娜悄声对那个家伙说：“这可不是闹着玩的，特雷弗。”

特雷弗小声回道：“我可是等着看笑话呢。”说着他咧开嘴笑了起来，露出白花花的牙齿。

“是看你自己的笑话吧。”瑞德利咕哝着说，特雷弗冲她皱了皱眉。希奥真想站在他们中间，命令特雷弗滚下台阶，可他的舌头仿佛黏附在了上颚上，一个字都说不出来。

“请检查绳结，特雷弗，确定我的朋友们已经被捆紧。”莉娜的声音急促而尖锐。

“乐意效劳。”他一脸坏笑，用力拉扯了一下，收紧了卡特手腕上的绳子。

“啊！”卡特大叫。

“嘿！”瑞德利喊道，“撒手！”

特雷弗依次走过奥利和伊兹，将他们手腕上的绳子都勒紧。

双胞胎疼得喊了出来。

“停下！”莉娜责骂道，把他的手从朋友们身上甩开。特雷弗猛地朝她后背一推。希奥心里燃起一团怒火，正要冲过来用琴弓挥向他时，突然想到了一个主意。

“你们都觉得自己很了不起嘛！”特雷弗讥笑道，“其实还不如我的几个小弟呢。”其他几人附和地讪讪笑着。

“我们可从没说过自己了不起，”莉娜说，“我们只希望人们开心。”

“好啦，任务结束，”特雷弗说，“我开心啦。”

莉娜强装的笑容渐渐消失。“开心不了多久了。”她小声说。她朝捆起来的魔术团成员们点了点头，然后双手举过头顶拍了拍。卡特、奥利、伊兹和瑞德利随之迅速移动。

绳子不见了！凉亭中的他们像鸟儿一样自由。

说到鸟儿……

希奥解开燕尾服，放出藏好的、为压轴节目准备的几只白鸽。白鸽在凉亭天花板下盘旋。希奥打了个呼哨，鸟儿就俯冲向特雷弗。特雷弗踉踉跄跄，躲闪着白鸽尖锐的鸟喙和爪子。他在最高一级台阶上摇摇晃晃，最终跌向站在下面的朋友，五人都四仰八叉摔倒在草地上。

“说得对！”奥利冲那个男生喊，“你才是个笑话吧！”

“货真价实的逗笑工厂！”伊兹补充说。

白鸽飞出凉亭在草地上空盘旋，特雷弗起身指着希奥说：“你等着瞧！”

希奥抻了抻礼服，吐了吐舌头，发出长长的、有节奏的嘘声。接着他摆摆琴弓，拉了个仿佛唾口水般的音调。这出其不意的声音让那五个混小子愣住了，齐刷刷盯着他。

瞧着，我的朋友们，这嘘声是个误导，很经典的魔术手法。那五个男生呆愣的工夫，刚好够鸽子接收希奥的指令——他在空中挥舞着琴弓——鸽群随之行动。

一个个小小的白点登时如暴雨般砸向那群家伙。啪嗒！啪嗒！啪嗒！

“啊！”其中一个家伙抬头望去，正巧一个白点落在他鼻尖上。

“这是什么啊？”另一个擦了擦沾在头发上的黏稠物。

“那些鸟！”又一个喊叫着，“它们……在朝我们拉屎！”

“恶心！”特雷弗尖声叫喊，“快跑！”

五人四散而逃。过了一会儿，鸽子们纷纷落在凉亭顶上，等待下一步指令。

“都没事吧？”希奥问朋友们。

“我手腕有点儿疼，”卡特说，“不过至少说明我们的绳子戏法是成功的。”

“你们太棒啦！”莉娜兴奋地说，“压力下还那么得体。”一边收回了绳子，重又团起来塞在瑞德利的轮椅里面。

“压力？”卡特回应说，“应该说是折磨吧。”

“反正值了！”伊兹和奥利异口同声道。

希奥等着有人提起他的鸽子，然而他的小心思被不知哪里来的掌声不合时宜地打断了。

魔术团成员们四下里张望。希奥担心是那群坏小子又回来了。然而，只见一个全身黑衣、长卷发、戴贝雷帽的女孩走来。她不疾不徐地拍着手，掌声像钟表的嘀嗒声一样节奏均匀。随着拍手声，她一步步稳步走来。

第2章

魔术团成员像是被黑衣女孩催眠了。

看着她一步步穿过草坪走来，希奥心里有种感觉，她可能比那帮男生更难对付。“请告诉我刚刚那个戏法的细节，”女孩说，“包括鸟屎。”

“非常乐意！”卡特说，“不过我们先说说下次需要记住的事情吧。”

“实际演出时我肯定会选更好的志愿者。”莉娜扮了个鬼脸。

瑞德利清了清嗓子问那个女孩：“你是谁？”

“噢，对不起。我叫艾米莉·墨里迪让。”艾米莉？希奥思忖着，好像在哪里听过。“到了夏天，我有时跟爸爸待在一起。其余时间跟妈妈在一起，住在北边的一个小镇。”

莉娜走下台阶，把艾米莉拥入怀抱。“欢迎来到矿泉镇！我是莉娜·韦伦。”

突然的拥抱令艾米莉有些局促，莉娜松开的时候，艾米莉惊讶地咯咯笑起来。

瑞德利把轮椅驶下凉亭的斜坡。“我是瑞德利·拉森。拉小提琴的是希奥·斯坦因·迈尔。蓝眼卷发的是卡特·洛克。双胞胎是奥利·古登和伊兹·古登。加上莉娜，我们就是非凡魔术团。”

“我听说过你们，”艾米莉说，“镇里的人都知道你们。看你们刚才打跑那帮混小子，我敢说你们肯定能在才艺秀上夺冠。”

希奥心底顿时涌起一股自豪之情。“你要参加吗？”他问。

艾米莉摇摇头。“我其实没什么才——”

就在这时，凉亭一旁的灌木丛中，特雷弗突然跳出来，手里抓着一把湿土，抡起胳膊掷向希奥。啪一声，正中他的胸口，泥渍溅上他白色的礼服衬衫。

希奥还没来得及反应，艾米莉就冲了过去：“不许欺负他们！”

“不然呢？”特雷弗正要上前推开她，艾米莉一个闪身，他便在艾米莉面前摔了下去。特雷弗伸手去拉她的胳膊，艾米莉甩开他，最终特雷弗结结实实倒在了地上。“啊！”他摔了个满嘴啃泥，接着翻过身来。

“这不算什么，特雷弗！”艾米莉低声威胁道。特雷弗正要起身，艾米莉轻轻松松抬脚在他胸口上一蹭，留下一个和希奥衬衫上的泥渍一样的印子。“不想让你妈知道你是怎么对待我的新朋友的话，就别犯浑。她这会儿就在我爸爸店里，一会儿我们一起回去看看如何？”

“拿开你的脚！”特雷弗大喊。

“跟我保证你以后再也不骚扰他们。”艾米莉警告道。

“好！我再也不了！”

艾米莉移开脚，扶他站起来。特雷弗恶狠狠地瞪了她一眼，而后离开找他的朋友去了。

希奥震惊不已。他看过许多魔术，特别是和魔术团的朋友们在韦伦先生的魔术商店里度过的许多时光，但却从没遇到过如此特别的事情，一个女孩竟制服得了比她高五六英寸、重几十磅的男孩。

“简直……”卡特开口道。

“……太厉害了！”莉娜补充道。

“敬佩敬佩！”瑞德利最终说。

奥利和伊兹马上在凉亭里表演刚刚的冲突，还加入了体操花式动作和踢踏舞步。

“谢谢你，艾米莉，”希奥说，他把小提琴轻轻放在地上，擦拭胸口的泥渍，“不过你不害怕他打到你吗？”

“那个笨蛋？”艾米莉不屑一顾道，“不可能。他吃豌豆泥的时候我就认识他了。还有，我们两家父母很要好。他明白得很，要是他敢骚扰别人，我就去跟他妈妈告状。要吓唬我，他还早着呢。”

“我们也是，”卡特抓着自己的裤子背带说，而后又不好意思地看向一旁，“一般情况下是的。”

“你说你爸是开店的，”希奥说道，“是哪家呢？”

“墨里迪让乐器店，”艾米莉答道，“就沿这条街往下走。”

“我去过！我爸爸经常带我去，这把特别的小提琴就是他在那儿买给我的。也就是说你爸爸名叫——”

“米克·墨里迪让，乐器店老板。他擅长做这些，也是这一行里最棒的。”

“完全同意。”希奥拾起地上的小提琴，说道。当琴颈碰到手掌的刹那，琴弓也遇到琴弦，一首欢快愉悦的曲子随之流出。

朋友们纷纷鼓掌，艾米莉点点头，称赞道：“不错。”

“我还不知道墨里迪让先生有个女儿。”希奥说。

艾米莉眉头皱了起来，说：“你是说……他从来没提过我？”

希奥一下子红了脸。“我相信他——”

艾米莉咯咯笑起来。“我开玩笑的呢！”她轻轻拍了拍希奥的肩膀，“爸爸生意那么忙。没关系的。”

希奥不自然地轻轻笑着，一丝暖意涌上他的心头。

街道对面，韦伦魔术商店的门打开时，铃铛叮当作响。“莉娜！卡特！”站在门口的韦伦先生喊道，“多多在店里东奔西窜呢。我知道你们肯定是在和朋友们练习魔术，虽然那一定很精彩，很好玩，但假如你们能回来喂它吃饭，别让它再撞倒另一个装假眼球的罐子，我会非常开心的！”他卷曲的白发顶在脑袋上，像一堆浓稠的土豆泥，黑色的胡子翘在上嘴唇上，像一抹橄榄酱。他一如往常穿着黑色西装，黑皮鞋闪闪发亮，戴一顶礼帽，长长的斗篷系在脖子上。希奥第一次撞见韦伦先生，就被他的斗篷征服，幻想自己有一天也可以穿上它。

希奥的肚子咕咕叫了起来，他这才意识到天色已晚。他从上衣口袋里掏出链表。“哦，太好了，”他说，“还没到晚饭时间。我爸妈不喜欢我回家太晚。”

“不喜欢你回家太晚？”瑞德利问，“还是他们希望你把更多时间花在练琴上？”

“大概都有吧。”

“不过他们肯定会对那个鸟屎戏法赞不绝口的！”艾米莉哈哈大笑。

“我怀疑他们根本不想知道这样的事。”希奥恹恹答道。

“来了，爸！”莉娜回应道。她看了看朋友们说：“你们想来帮忙喂猴子吗？”

“它不把我喂了就行！”伊兹开玩笑道。

瑞德利摇摇头，说：“这话……说不通啊。”

“改成它不把我吃了就行，怎么样？”奥利问。

“多多连只苍蝇都不会伤害。”卡特说。

“那可不好，我听说苍蝇营养可是很丰富呢。”伊兹眨了眨眼说。

“我们走吧，”瑞德利说，“韦伦先生一直把着门很费劲。”她说得对，韦伦先生正轻轻跺着脚，每跺一下，一方红色的手帕就在黑色西装外套口袋里上下跳跃——那是闪着亮光的信号。

一行人看了看马路两边。瑞德利看向艾米莉，问道：“嘿，你也来吗？”

艾米莉点点头说：“迫不及待。我一直想看看猴子。你不介意吧，莉娜？”

“那是卡特的猴子。”瑞德利纠正道。

“没关系。”卡特回答，一丝犹疑闪过。

瑞德利抿起嘴巴，向前推动轮椅，努力管好自己尖利的舌头。

当他们来到魔术商店门口时，希奥的鸽子正在凉亭顶上咕咕叫唤，啄着褪色的绿色瓦片。希奥一点儿也不担心它们，等他处理完事情，鸽子就会随他一同回家。现在他只希望能更多地了解了解走在一旁的神秘女孩。

魔术秘籍

巧猜扑克牌！

那位神秘的黑衣女孩究竟是什么来头？我猜你肯定也想知道。但请少安毋躁……我们先来学个新魔术！

这个魔术我们得多练练，因为它跟我们后面要学的另一个魔术高度相关。你可以在这一页夹个书签，方便以后随时翻看。（要是没有书签，夹一根羽毛、一片玫瑰花瓣，甚至一缕假胡子也行！这些东西你卧室里总会有一样儿，对吧？反正我是都有的。）

所需材料：

一副普通的扑克牌

攻略步骤：

1. 在表演开始之前，请记住整副牌最下面那张扑克牌的花色和点数。这张牌就是我们的“关键牌”。

2. 将整副牌正面朝下摊开。找一位志愿者观众随机从中挑出一张，请他把那张牌向观众展示，同时你要转过身去，不看那张牌。

3. 将整副扑克分成两叠，拿出其中一叠，请志愿者观众把他选中的那张牌放在这叠牌上。拿起另一叠牌，将其放在观众选中的那张牌上，凑成一整副牌。现在，你知道花色和点数的那张牌（关键牌）就在你要猜的那张牌上面。（小提示：这时你并不知道观众所选的是什么牌。）

4. 将整副牌交给志愿者观众，请他切几次牌。（小提示：切牌方式为把整副牌分成两叠，然后把底下的那叠放在另一叠上面。）切好牌之后，拿回整副牌。

5. 将整副牌正面朝上摊开。

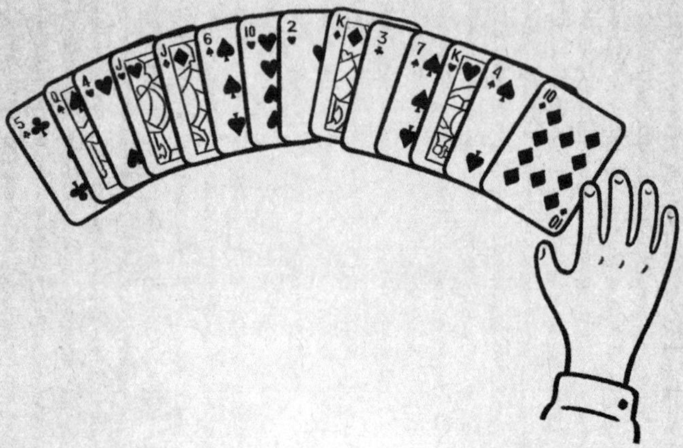

6. 找到之前你记住的那张关键牌！关键牌上面的那张——就是观众所选的牌！

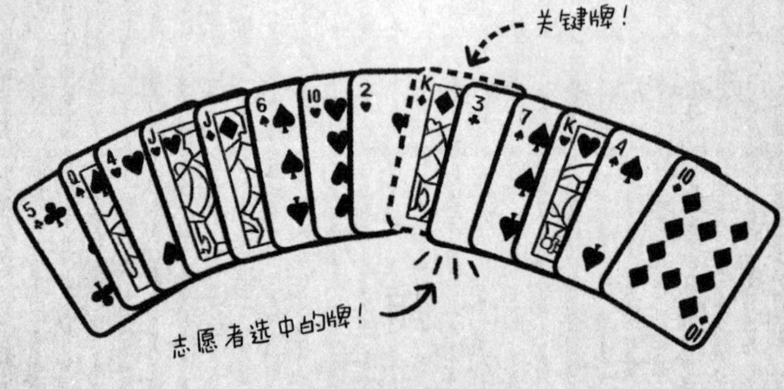

（小提示：如果关键牌在整副牌的最上面，那么观众所选的牌就是整副牌最下面那张。）

7. 向大家展示观众选中的那张牌！展示的时候充分发挥想象力，说点儿你最想说的。

8. 向观众鞠躬致意！

第3章

即便已经去过上千次，韦伦先生的魔术商店却总能给希奥带来新奇的感受。空气似乎微微闪着光，前窗的光亮能够照到店里最靠里的那堵墙，照亮落满灰尘、标记了神秘符号、裂了缝的皮面书。这里还有几张堆满水晶球、扑克牌和闪光纸的桌子。叠放着绳索、斗篷、五彩围巾和黑色绸缎礼帽的货架挤在另一片区域。（还有一只叫大礼帽的兔子在走廊上来来回回蹦蹦跳跳，有点儿傻气，我知道！）

“我把多多关起来了，”韦伦先生朝后面的书架微微努努嘴，“关在那里了。”

众人向书架后的密室走去，那是非凡魔术团开会的地方。瑞德利滚动着轮椅走在大家前面，而后转了个身，用力清了清嗓子。“请止步。”说着，她抬起眉毛看向艾米莉。

书架后的警报器马上发出刺耳的蜂鸣。

艾米莉似乎勉强挤出了笑容。“我猜猜。这几个书架后有扇隐藏的门，门后面就是猴子。”

“你为什么那样想呢？”卡特愧疚地问。

“可别跟我们说你是巫师，”奥利说，“我们遇到过一个很糟糕的巫师。”

“我来试试她。”伊兹说着，跳到前面来，盯着艾米莉的眼睛，“我现在想的是什么图形？如果你回答三角形，我会非常惊讶。噢，等等……”

“我不是巫师，”艾米莉答道，“只是……墙后面猴子的叫声我听得清清楚楚啊。”

韦伦先生突然出现在孩子们身旁。“非常聪明，这位年轻的女士。”说着，他递给艾米莉一只白色手套。艾米莉晃了晃手套，一束银光闪闪的花儿出现了，韦伦先生将花儿递给她。艾米莉惊讶地睁圆了眼睛。

“这是艾米莉，”希奥说，“她爸爸在这条街开了家乐器店，我的小提琴就是在那儿买的。每到夏天，她就来爸爸这里住。”

韦伦先生仰了仰头，眼中闪过了然的光芒。“对的！我的老朋友米克最近怎样？”

“爸爸很好。谢谢。”艾米莉与他握了握手，“再见到你非常开心，韦伦先生。”

“不过你不常来，艾米莉。矿泉镇上的年轻人几乎人人一年至少来一次我的店。”

“可我不住这里，”艾米莉答道，“还有，我对魔术不怎么感兴趣。”

魔术商店闪着微光的空气突然暗淡下来。希奥胃里涌起一阵寒意，接着他想起胸口的泥渍还干结在衬衫上。

意识到大家的反应，艾米莉结结巴巴地说：“我……我喜欢魔术，只是不擅长。我不是说不喜欢你们。韦伦先生，你看到他们能够……”

“我看见了。”韦伦先生报以微笑，打断她的话。商店里的气氛恢复如初。他抬起一只眉毛，对大家说：“最近排练得怎样，顺利不顺利？”

“很好，只是希奥的泰迪熊掉地上了。”瑞德利说道。

希奥只觉皮肤发紧，羞愧难当。“我想韦伦先生是在问刚才那些男生打扰我们的事情。”他指着衬衫上的污迹说。

“是。”韦伦先生回道，“你没事吧，我的朋友？”

“他没事。”奥利说。

“他就是走神了。”伊兹说。

“我没事。”希奥努力让自己的声音笃定起来。

韦伦先生弯下腰，看着希奥的眼睛。“真没事？是不是有什么烦心事？”

希奥本不想当着艾米莉的面讲出来，然而最终他还是肩膀一沉，说：“我今天好像看到卡拉根了，所以刚刚才搞砸了练习。有个穿黑衣、披斗篷、戴礼帽的男人站在公园的绿地上窥视我们。”

魔术团成员们纷纷紧张地相互交换着眼神。

“卡拉根？”韦伦先生问，“不太可能啊。也许是……”他指着自己，他同样穿了黑衣、披了斗篷、戴了礼帽。

“等等……”希奥抚了抚自己的额头，“难道是您？”

韦伦先生挤了挤眼睛。“这么说吧，我就是想仔细瞧瞧你们进步到什么程度了。别乱想啦。”

“所以不是卡拉根？”卡特问。

吱——！

猴子再次闹腾着希望大家关注它时，大家都吓了一跳。瑞德利去了书架当中。“艾米莉，闭上眼睛，一会儿就好！”她拿起一卷书，门便敞开了，多多瞬间跑出来绕着货架上蹿下跳。瑞德利把书放回去，门又关了起来。

艾米莉仍闭着眼，她问：“卡拉根是谁？”

“想在镇上做坏事的坏人，”希奥说，“他的事说来话长，龌龊极了。”

艾米莉睁开双眼。“下次你们一定要跟我好好讲讲。”多多跳上她身边的柜台，艾米莉惊叫了一下，随后又大笑起来。

“韦伦先生，”卡特说，“可以递给我多多的食物袋吗？”

“恐怕不能。”韦伦先生答道。

“爸爸，”莉娜说，“别傻啦。袋子就在柜台后面。”

“谁傻？当然不是我。那个袋子永远不在该在的位置。别摔倒了！”

卡特的鞋跟绊住了袋子，差点儿摔倒，食物袋不知道什么时候突然出现在他身后。卡特轻声笑了起来。“谢谢，韦伦先生。”他解开袋子，往多多的碗里倒了些谷物和坚果。猴子马上飞奔过来，贪婪地一股脑儿往嘴里塞食物，惹得阳台上莉娜养的黄颈亚马孙鹦鹉嫉妒地尖叫起来。

莉娜伸出手，说：“佩莱斯托，过来！”鸟儿飞下来，落在了她肩头。艾米莉小心翼翼地伸出手，佩莱斯托轻轻蹭着她的手指。

“草裙女孩，爱魔术头盖骨！打败熔岩蒸汽！”鹦鹉说。

艾米莉似乎对鹦鹉很感兴趣，同时又困惑不已，魔术团成员们早已习惯了鹦鹉奇怪又东拉西扯的话，甚至不会因此眨一下眼睛。“趁我们不注意移动了食物袋，你怎么做到的，韦伦先生？”艾米莉问道。

“游戏开始之前要提前准备好。”韦伦先生解释道，手放在胸口上，“作为才艺秀参与选手，我向你们推荐这个魔术。”他继续说，“优秀的魔术师应当时刻准备应对一切情况，还要准备好几个额外策略，以防发生意外。”

“什么是额外策略？”伊兹问。

“当然是已有策略之外的喽。”奥利捅了捅她的肩膀。

卡特摇了摇头。“就是说魔术师应当永远提前做好筹划，以防事情棘手，对吗，韦伦先生？我和滑叔每次去新的寄宿家庭……我是说，他们的房子……都会首先弄清楚每个安全出口的位置。”卡特仍在习惯和韦伦一家一起生活。他的冒牌艺术家叔叔曾带着他四处流浪，卡特担心自己不能准时醒过来，所以有时仍睡在卧室地板上，这是上次他向希奥敞开心扉吐露心事时说的。

“对，”韦伦先生说，“上台前，你们必须考虑到各种各样的因素，一一练习、准备，未雨绸缪。这对你们今后的人生也有帮助。从这个角度考虑问题，相信你们会发现，已成定局的事情可以不只是定局。”

“比方说，一件事情的结局其实可以成为另一件事的开端？”莉娜问。

“非常正确，莉娜。”韦伦先生神秘一笑，“注定的结局也能成为战术聚焦点，成为一扇秘密之门，或对手的陷阱。”他看了看大家，“不是每个人都能像你们的新朋友艾米莉那样强大、敏锐。”

艾米莉耸耸肩，自然地接受了这种评价。“我学过武术。其实我也没那么强大，不过我确实知道推倒一个人的方法。”

“很有用的技能。今天我们几乎走投无路的时候就派上用场了。”

“你是说我们需要学习空手道，爸爸？”莉娜问道。

“你们要是愿意就去学，亲爱的。不过我真正想说的是，魔术也能创造奇迹。”

“还有音乐！”希奥补充道，他的小提琴琴音能够轻而易举让听众分心，令他们着迷。

“说到这儿，”艾米莉说，“我该回家了。要是看不见我，爸爸会担心的。”

“为什么要担心？”奥利问。

“每当有人消失时，我们都鼓掌的！”伊兹拍着手说。

艾米莉笑了起来，与大家挥手道别，还向佩莱斯托和多多告了别，而后才消失在门外。

“莉娜，能邀请她来做客，你真是个好孩子。”韦伦先生说，“每个人都需要一两个朋友。”

“同意。”莉娜说着，把佩莱斯托安放在收银台一旁她平时休息的地方。

“等等，”瑞德利举起双手，“谁说她是我们的朋友了？”

“她帮了我们，”莉娜说，“那就是朋友会做的事啊。”

“可是非凡魔术团不需要再有人加入了。”

“她没说要当魔术师，”希奥说，“看起来她对魔术一点儿兴趣都没有。”

“以我的经验，不懂魔术的朋友能成为最好的观众。”韦伦先生说着，向侧面拉了拉他的帽子，一只上了发条的小蜻蜓飞了出来，绕着店铺从每个人头顶快速飞过。“有了朋友，你就会打心底相信总有人会在关键时刻出现在你身边！”

“好吧，我喜欢她。”莉娜说。

“我也是。”奥利说。

“我第七个同意。[1]”伊兹说。

希奥本来也想回应“我也是”，可不知为什么，他的舌头像打结了一样。过了一会儿，他才说：“如果我们请她……和我们待在一起……也许她能保护我们，不让特雷弗这样的坏蛋骚扰我们。”

“我们自己就能保护自己。”瑞德利反驳道。

① 这里伊兹玩了个文字游戏。上文奥利说“我也是（Me too）”，在英文中，“too”和“two”同音，所以伊兹开玩笑说“我第七个同意（Me seven）”。——编者注

“瞧，你们很幸运组成了一个可以互相帮助的团队。”韦伦先生说。这时，电话铃响了，他去接电话了。

“友谊是不需要理由的。”莉娜伸出手，抓住机械蜻蜓。

“有新伙伴加入，开开玩笑也是不错的。”奥利说。

“不管什么原因，”希奥说，“我认为我们应该邀请艾米莉参加我们下一次的排练。她……”许多词在他脑海中闪过，最终他用了一个平平无奇的词：“她很与众不同。”

“与众不同？”瑞德利问，“哪里不同？”

希奥仔细组织着语言。“那是跟寻常人比。没什么，别放在心上。”

瑞德利翻了个白眼，再次走向暗门。希奥有些畏缩。她为什么那样做？虽说早已习惯了瑞德利的直率，可今天的她似乎格外易怒。

柜台边打电话的韦伦先生提高了音调，听起来越来越紧张。“有意思。”他对着听筒说。注意到孩子们朝自己看来，他转过身去，不过希奥仍能依稀辨别出他说的话。“当然，我们需要马上处理这件事……是，我能来……今晚……”

韦伦先生挂断电话，满脸愁容。这样的神情，希奥只在这位老魔术师的眼里看到过一次——几周前魔术商店发生了一次打斗，一群哭丧脸小丑袭击了商店。

莉娜飞奔到韦伦先生身边。“爸爸，发生什么事了？”

“我必须离开小镇。”

“什么？为什么？”卡特问。

韦伦先生耐心解释说："还记得我账簿上的那些名字吗？那是魔术俱乐部里需要我去保护的人。"大家一致点点头。"有人受到威胁了，是卡拉根干的。"

"我觉得妥协[①]是好事。"卡特说。

韦伦先生摇摇头。"不是妥协，卡特。卡拉根的势力比我们预想的更大，他已经拿到了我们俱乐部内成员的信息，依次对付他们。也许他已经找到其他方法接近我们。我需要跟大家碰个头，计划下一步行动。"

"让我们跟你一起去吧！"莉娜说，"我们可以帮上忙的。"

"你们待在矿泉镇更合适，这里相对安全。"韦伦先生说，"另外，这些动物也需要有人照顾。"

"你在叫谁动物呢？"伊兹举起拳头，像在搏击一般。

"他说的是普通的动物，"奥利对着伊兹举起自己的拳头说，"大礼帽，佩莱斯托，多多，还有我们放在度假区的小老鼠。"

"噢，我明白了，"伊兹说，"所以为什么我们又在打架？"

"如果你们同意，"韦伦先生朝楼梯走去，"我得去查查火车时刻表，打包行李，打电话给魔厨韦伦先生，告知他现在的情况。"

---

① 原文为 compromise，这个词有"受到威胁"及"妥协"的意思，这里卡特会错了意。——译者注

“那我们能送你去车站吗？”希奥说。

“这个可以，”韦伦先生说，“要是你们父母同意的话。时间来不及了。”

希奥做了个鬼脸。他爸妈才不会同意呢。

不过，有时候朋友是第一位的。

第4章

不到一个小时，孩子们就随两位韦伦先生来到了矿泉镇火车站。魔厨韦伦先生今天早早就开着他那木质旅行车下班回家了，他开车接上希奥、瑞德利和卡特去车站。丹特和莉娜、奥利、伊兹另乘一辆黄色大出租车。大家安安静静地等韦伦先生买好车票，而后跟着他来到站台上。

希奥左右打量着铁轨，轨道一眼望不到尽头。他想象不出韦伦先生要去的地方，这很大程度是因为韦伦先生不愿意说出详情。他怀疑只有魔厨韦伦先生知道确切地址。

希奥没有给父母打电话。他观察着其他伙伴，特别是莉娜和卡特两人。莉娜的大眼睛水汪汪的，卡特忧心忡忡，希奥从没见他如此担心过。作为朋友，他们每个人都愿为对方分忧。

“到了那里，你会打电话给我吗？”莉娜问爸爸。

“不确定能不能，”韦伦先生说，“但我会尽量打来的。”

“我们要不要提防卡拉根来这儿？”卡特问。

魔厨韦伦先生把手放在卡特肩上。“我在的时候就不用。”卡特捏了捏那双手，可他的担忧并没有因此缓解。

“可是，魔厨爸爸，你必须到假日酒店上班呀，”莉娜说，“现在不正是忙的时候吗？”

“哦，是。”魔厨韦伦先生摸了摸修剪整齐的胡须，“店员能帮得上忙的。现在最重要的是你们。我们能够应付得来。”

“我想我们能照顾好自己，”瑞德利喃喃道，“以前又不是没这样过。”

韦伦先生扬起一边的眉毛说：“万万不可妄自尊大。傲慢可是个坏习惯。”

“奥·曼是谁？”伊兹天真地问，“他什么时候才能长到十三岁？”

“他肯定是个服装设计师。”奥利回答。

“傲慢。”韦伦先生重复道，“骄傲。傲慢会令魔术师犯懒。记住我在店里说过的话：要未雨绸缪。”他看向瑞德利：“你永远不知道观众会在什么时候给你出难题。”而后是双胞胎姐弟：“永远不知何时会把握不好时机。”然后是卡特：“何时会抽到错误的纸牌。”再然后是莉娜：“何时会把绳结系得过紧。”最后是希奥：“记住，一定要确保台上有几样儿足够轻、能飞起来的物品，因为某样儿东西不知什么时候就会出问题。而后为预想到的各种情况做练习、做准备。请注意我说的是‘不知什么时候’，而不是‘如果’。总会有那么一天，某件事会不可避免地出差错。不要被未知吓倒，要全面周到地思考问题。”

“我们会的，爸爸。”莉娜说，“我们保证。”

“我们保证！”大家齐声应道，接着彼此交换眼神，这不谋而合的动作让他们会心一笑。

“还有最重要的……”韦伦先生俯下身，压低了声音，“不要忘记将你们联系在一起的纽带：友谊、忠诚，以及对彼此的爱。”

“爱？”瑞德利说，“我鸡皮疙瘩掉一地。”

“不是那种意义上的，”韦伦先生温和回道，“不是浪漫的那种爱，瑞德利。爱可以成为人与人的联结。只要心齐，你们六个永远是强大的。记住。”

汽笛声从轨道尽头传来。火车越来越近。魔厨韦伦先生站在魔术团成员和站台边缘中间，提醒大家退到安全线后。很快，庞大的黑色蒸汽引擎出现了，团团气雾冒向天空。火车轰隆隆停在站台的另一端，乘客们排着长队等待上车。突然间不知从哪儿涌来一大群人，人人举着车票、行李和从山上巨橡园假日酒店买来的纪念品。列车员跳下几级踏板，大喊：“上——车！”

“我得走啦！”韦伦先生夸张地说。他亲了亲莉娜的脸蛋、卡特的头发，向每个人挥手告别。然后他从肩上拉下斗篷，在行李包前舞了几下。再次拉开斗篷时，行李包已经不见了。孩子们屏住呼吸看着，而后爆发出欢呼声。魔术师向大家优雅地鞠了一躬，然后用斗篷挡住自己。过了几秒，斗篷落在地上，韦伦先生不见了，消失在气雾缭绕的空气中。

“爸爸！”莉娜担忧地哭喊道。

韦伦先生的礼帽从最近那节车厢的玻璃窗后慢慢升起，帽子下方是他微笑着的脸庞。他在窗后向孩子们挥挥手。魔厨韦伦先生弯下腰，抓起落在站台上皱巴巴的斗篷。“丹特！”他举起斗篷喊着，“别忘了这个！”

韦伦先生把车窗推开，伸出手来。魔厨韦伦先生把斗篷交到他手上，依依不舍地久久不愿松手。

“我很快就回来！”当列车员跳上车厢，火车缓缓驶出车站时，韦伦先生喊道。

★ ★ ★

“你回来迟了，希奥。”利奥说。

“我们还得亲自摆好桌椅。”吉奥说。

“是我摆好的，吉奥。”克里奥说。

“我要饿死了，克里奥。”菲奥娜说，“开饭吧。”

几天前，希奥的哥哥姐姐们就回家了，比往年都早。利奥是家里的老大，他是纽约交响乐团的大提琴手。吉奥是老二，在旧金山市郊一个小有名气的婚礼乐队当低音吉他手。克里奥排行老三，是波士顿一家久负盛名的音乐学校的钢琴老师。菲奥娜排第四，她辗转在世界各地的歌剧院唱女中音。他们全都天赋异禀，成绩斐然。曾有无数次，希奥都担忧自己不配做他们的家人。

他们齐刷刷盯着站在门廊上的希奥。只要他们都回家，每次往门廊里走就免不了和哪个人擦肩而过。“对不起大家，”希奥脸上洋溢着温暖，“朋友和我遇到了点儿急事。”

斯坦因·迈尔太太紧张地问：“急事？大家都好吧？你呢，希奥？”她连忙跑到希奥跟前，用手摸了摸他的额头。

“我没事，妈妈，”希奥答道，“我跟小伙伴们在排练才艺秀的节目。后来韦伦先生接了个电话说要离开小镇，我们送他去火车站了。”

“是什么样的急事呢？”利奥问。希奥摇了摇头。

“你衬衫又是怎么了？”吉奥问。

希奥看了看胸口，那里还没干透。他想起了公园里的那几个混小子。“弄脏了，我在魔术商店的水池里洗了洗。”

“你还跟那些小屁孩儿一起玩，我的弟弟？”菲奥娜叽叽喳喳地问，“我还以为现在你不玩魔术了呢。”

姐姐居高临下的口吻刺痛了希奥。他想说“我希望我永远热爱魔术”，可转而他却只回答：“还玩。”

斯坦因·迈尔先生叹了口气。“去洗洗，吃饭吧。你妈妈和我做了大家都爱吃的樱桃核桃仁面包，都要凉掉了。”

希奥跑上楼回到卧室，换了一件干净挺括的白衬衫，又系上领结，套上西装外套，下楼和家人一起坐到餐桌边。

终于，妈妈微微一笑，说：“噢，非常开心我们能这样团圆，真希望你们都住得离家近点儿。”

希奥的脑袋里却萦绕着一个自觉有些龌龊的想法：你们都离家远远的才好。

★ ★ ★

希奥换上睡衣关上灯之后，思绪便开始飘游。他想到了艾米莉，以及她打倒特雷弗时的动作——旋转，上步，翻拧。那么娴熟！艾米莉的笑容印在他脑海里，希奥觉得有趣极了。

等到希奥再有知觉时，他已经高高地飞在矿泉镇上空了，艾米莉飘浮在他身边。月光下，她的头发像海流里的水草一样，摇曳多姿。星星闪闪地亮着，下方的城镇像中央大街上玩具商店橱窗前摆着的微缩景观模型。谢天谢地，卡拉根没有出现。

“跟着我。”艾米莉轻声说。他们一路俯冲速降，夜晚的风迎面拍打着脸颊。他们起起伏伏地穿梭在夜空，放声大喊起来。希奥咯咯笑个不停，希望不要轻易从这个梦里醒来。

鸽子的咕咕叫声充斥着他的耳膜。他四下里看看，以为鸟儿跟在他和艾米莉身后，后来才意识到，那声音不是来自梦里。希奥陡然睁开眼睛，坐了起来，看到鸽子正隔着玻璃，栖在他的窗棂上。

他把鸽子忘得一干二净啦！

希奥连忙披上外套，趿拉着拖鞋，跑下楼穿过后门来到后院，鸽笼就在那里。

夜色很凉，一阵风吹来，他身上起了一层鸡皮疙瘩。希奥抬头看了看自己房间的窗户，鸽子仍停在那儿，他吹了声口哨，指示它们下来。接着他打开鸽笼，三只鸽子飞回来加入了它们的伙伴，被吵醒的伙伴们不满地嘀咕了几声，拍了拍翅膀。

希奥使劲拍了拍自己的额头。“笨蛋，笨蛋，笨蛋！”他小声对自己说。怎么能把自己的宠物忘在公园里呢？它们可能会被猫吃掉！或者土狼！还有熊！（呃，应该不会有熊。熊吃块头更大的东西，比如你的兄弟姐妹、你的老师、你的爸爸妈妈。赶快，去告诉他们有危险吧！这么快就回来啦？哇哦，你们离得很近呀！）

希奥是因为太关注艾米莉，所以忘记了鸽子，还是因为韦伦先生的离开分了心？希奥隐隐担心，这个夏天矿泉镇上发生的所有不可思议的事开始带给这里影响了。他当然不会把这个失误归咎于魔术团。自排练出了差错，他不由得想是不是哪里不对劲。他想让伙伴们相信自己还是以往那个完美的自己。他很笃定为何他们喜欢跟他在一起——因为他深深地吸引着他们：他的燕尾服，他的措辞用语，他神秘飞扬的琴弓。

然而希奥不得不承认：时刻保持完美的形象其实让他心累神乏。

周围的空气突然响起低沉的共鸣，震颤着他早已汗毛倒竖的皮肤。原来哥哥利奥在他身后，就坐在花园里，大提琴竖在双腿之间。希奥屏住了呼吸。利奥的琴弓拉过琴弦，奏出神秘的声音，他的身形仿佛也随音乐融入了靛蓝的月色中。过了一会儿，利奥抬起头，正迎上弟弟的目光。

“你在外面干什么呢，利奥？”希奥问。

“今天琴没练够，这个时间了也不能在屋里练，会把大家吵醒的。”

“可是家里窗户都开着，”希奥说，“他们还是能听到。”

“那就把它当成摇篮曲呗。”利奥笑了笑，“那你在这儿又是干什么呢，弟弟？”

“我……来看看我的鸽子，看它们回笼了没有。”

“并没有，对吗？”

利奥肯定看见了刚刚希奥吆喝鸟儿从窗沿上飞下来的情形。希奥垂下眼睛，摇了摇头。

“你怎么啦，希奥？吉奥、克里奥、菲奥娜和我这次回家，你一直都很不自在。”

希奥不知该说什么。他知道跟家人相处时怎样做自己吗？“今年夏天我脑袋里总被些奇怪的事缠着，”最终他开口说，“不过没关系，我能解决。”

“我当然相信你，”利奥回答，“不过你知道是什么让我一直脚踏实地吗？”希奥摇了摇头。“是我的音乐。”

希奥忍住没有叹气。接下去利奥会说些什么，他已经猜到了，他不想再听下去了。

“爸爸说，你琴练得比以前少了，是吗？”

“我在练别的东西。”

“魔术。”

“是，魔术。我和朋友们学得很好，比这个小镇里大多数人都好。”

“不错，”利奥说，“小孩儿总是擅长些以后用不到的技能。”小孩儿？这个词像是种嘲讽，希奥心头一痛。“那你以后打算干什么，用你的……魔术？”

希奥想说，让人们开心，和朋友度过美妙的时光，打败邪恶势力，保护这座小镇。但他知道最后那一点，听起来有些夸张。

“别嫌我啰唆。”利奥站起来，一只胳膊搂着希奥的肩膀，“我经历过你这个年纪，在你这个岁数，一切都开始改变。你的音乐天赋仿佛大海，现在那浪峰正在慢慢抬升，要么你乘着它去往未来，要么你就错失机会。”

希奥的心被击了一下，接着他说：“你说话跟爸爸一样。”

“那好啊，”利奥说，“你应该听我们的话。我们都有经验，而你还不懂。”希奥望着哥哥严肃的眼睛想，这句话我也可以说。“爸妈说今年夏天你遇到麻烦了，就是你刚说的‘奇怪的事’？”

希奥开始头昏眼花。利奥不停地说着波索、桑德拉和卡拉根的事。“跟这些有关，对吧？”他说。

“大家都希望你平平安安的。”利奥说。希奥长长地舒了口气。“你厌烦我说的话了，看得出来。别的我不多说了，但是，朋友会来来去去，而我们是你的家人，永远都是。打你出生，我就看着你长大。你真的很有天分，希奥。天分会伴随你一辈子……可前提是你必须要勤学苦练。”

希奥点点头，懊恼与烦躁消散在凉凉的暗夜中。不远处的树林里，蟋蟀和树蛙唱着歌。他抱了抱利奥道了晚安，而后回屋爬上床。

刚刚闭上双眼，窗外花园里就传来哥哥哀婉的琴声，他反复想着利奥说的有关脚踏实地的那番话。

不会有飞翔的梦了，至少那晚没有。

第5章

早晨，希奥在爸爸面前拉小提琴，爸爸给了他许多指导和鼓励。希奥喜欢他们待在一起的时间，看得出来爸爸也是同样的感受。

所以当瑞德利打电话喊他一起去度假区时，希奥尽量不动声色。他不想和家人起争执。电话机装在家里拥挤的客厅，他不想让哥哥姐姐们知道自己在和一位玩魔术的朋友通电话。

“伊兹和奥利说想给我们看些东西，”瑞德利说，“他们说至关重要。”

希奥穿了一套干净的礼服，而后告诉妈妈要去的地方。

“记得晚饭前回家，”她轻声说，担心被别人听到，“这次不准再有借口，也不准有紧急情况。”

“好的，妈妈。”希奥说完就出门去了，先和瑞德利、卡特和莉娜碰头，而后一起去双胞胎姐弟家。

巨橡园假日酒店坐落在高处，俯瞰着整座矿泉镇。白色护墙板、绿色百叶窗、深色三角屋顶，让它有种优雅的乡野气息，在为数不多的几家旅馆中显得格外醒目。人们从四面八方赶来参加度假区的一系列活动：跳舞，游泳，帆板运动，体操，爬树，懒洋洋地享受着从地下深处涌上来的含有丰富矿物质的天然温泉。希奥还没出生，度假区就建成很久了，希奥相信，等他长大了，度假区一定还在。度假区主楼由客房、一间餐厅（由魔厨韦伦先生经营）和一个举办过大小型演出的气势恢宏的剧场组成，其他几幢楼供客人们跳舞、休息、上课、玩游戏。

孩子们最近听说度假区里到处都在传经年的秘密和一些神秘事件，说韦伦先生以前所在的绿宝石戒指俱乐部过去常常在酒店的配楼里碰面。配楼是主楼的一部分，现在基本已经废弃。今年初夏，几个客人疑心那里闹鬼，非凡魔术团揪出骗子桑德拉·桑托斯之后，才止住了谣言。

可是，仍有一个谣言他们至今无法查明，据说有个叫丹特·韦伦的年轻人放火烧了配楼。几个礼拜前，一个酒店服务员跟他们讲了这件事，实在令人不可思议。没人愿意相信他们友善的魔术师会做如此不可思议的事。他们问过韦伦先生，韦伦先生暗示说，卡拉根可能才是罪魁祸首，不过真正的凶手他也无法确定。

和瑞德利、卡特、莉娜在走廊等电梯的时候，希奥问：“你们知道双胞胎要给我们看什么东西吗？”

莉娜摇摇头说：“电话里他们神秘兮兮的。”

瑞德利翻了个白眼。“我打赌又是他们精心设计的闹剧。”

“至少我们能看到他们住的地方了。”希奥笑着说。叮的一声，电梯到了，双门打开，希奥跟在大家身后走进电梯。

这是希奥第一次去双胞胎姐弟住的套房和他们见面，不知会碰到些什么。格子图案的墙纸？走到门口时会播放提前录好的笑声？踩在上面能发出踢踏舞一样声音的金属地板？

“大家昨晚都睡好了吗？”电梯门叮一声关闭时，瑞德利问。

“非常好。”希奥做了个鬼脸。

“那就好！”莉娜没有注意到希奥的表情，她的眉毛垂了下来，“爸爸不在家，家里感觉怪怪的。到了目的地他也从来不打电话告诉我们……不论他去哪里。”

“我相信他肯定没事。”卡特的声音里充满犹疑。

“他又聪明又能干，”瑞德利说，“我相信他做事有把握。谁照看魔术商店呢？”

莉娜捋了捋头发。“爸爸决定他出差的时候就关店，希望这次不会太久。佩莱斯托也盼着跟客人们聊天。”

“多多也盼着朝顾客们丢东西了。”卡特叹了口气，“我还在琢磨怎么阻止它这种行为呢。”

电梯门开了，大家相继走到华丽的走廊。暗色木质地板，木板上有着复杂的赭色、棕色细长旋涡。墙壁覆了黄铜和玻璃。每走几步就会出现条纹状暗影，神秘的氛围引人注目。

“是这边，”莉娜说，“我感觉。”

大家跟着她来到315号房门前，门内传来老式的大型爵士乐队音乐。卡特敲了敲门，没人应答。“确定这是他们的房间？”

瑞德利抬起右手也敲了敲门，说：“在阴影里可太像贝壳了。”

“像极了。”希奥说。

瑞德利对希奥笑了笑：“真的吗？我随便说说的。”

希奥眨了眨眼。瑞德利平时可不怎么喜欢笑。“要是他们听不见，我们怎么进去呢？”

“我们怎么进去呢？”卡特沮丧地跟着说，“你们忘了莉娜的绝技啦？”

莉娜早已拿出开锁器，兴致盎然地研究着门把手上精妙的锁芯。“这个简单。”几秒钟的时间，门就开了一条缝，音乐声溢到走廊上，小号声、单簧管声、小鼓声、唱片的噼啪声，从正旋转在转盘上的唱片中飘荡出来。

“原谅我，莉娜！”希奥惊叫道，“原来你这么厉害！”

莉娜冲他眨了眨眼，推开门，一间巨大的有着高高天花板的房间出现在眼前。除了天花板、地板，屋内四壁几乎全镶了镜子。角落里摆了一张银色沙发，前面是一张亮光闪闪的桌子，咖啡的香气从桌子中央一个银色的咖啡壶里飘出。旁边立着一个镶了镜子的边桌，边桌上的留声机上，一张黑色唱片正在旋转。

四个人的身影映在屋里亮光闪闪的物件上，他们穿着不同格子纹案的衣服：紫色、橙色、绿色和黄色。他们中有一个高瘦绅士，亮油油的黑发从他的草帽下露出来；有一个胖胖的、一头完美金色卷发的女人，礼服裙摆随着她的身体旋转起伏；还有双胞胎姐弟奥利和伊兹。

古登一家在跳舞！

古登太太正引着丈夫在宽敞的木地板上跳着，时而俯下身体，时而迅速转身跃向他。古登先生泰然自若地配合他的舞伴，太太的每个富有爆发力的动作他都能从容应对。姐弟俩学着父母的动作，努力跟上他们即兴起舞的脚步，几乎完美还原了父母的舞蹈。乐声渐强，四人面向非凡魔术团排成一条直线。突然间，他们跳起了已排练好的踢踏舞，他们的脚步快如闪电踢踏着地板，胳膊摆动，手指张开。舞步的速度快得几乎看不清，当音乐停在尾声，四人都以跪姿下滑到地板上，张开双臂，面带灿烂的微笑。

魔术团成员们爆发出一阵阵掌声。多么隆重的欢迎仪式！

古登一家人的结束舞姿维持了好一会儿才放松下来，四人喘着粗气，哈哈笑作一团倒在地板上。希奥多么羡慕这样轻松愉快的家庭氛围啊，他的胸口仿佛受到了砰的一击。他的家人永远不可能会做这样没头脑的事，也不愿意做。接着他又想起了哥哥姐姐们各自的特长，假如他们稍微放松一点儿，那会是怎样的情形呢？家庭聚会会不会更欢乐？会不会不那么紧张？

奥利和伊兹一跃而起，而后扶爸妈站了起来。“妈妈，爸爸，这就是我们魔术团的成员们！”伊兹说。

“我们最好的朋友！”奥利说。

古登先生皱了皱眉。“我还以为你妈和我是你们最好的朋友呢！”

“不，你们是我们最好的父母！”伊兹说。

古登太太拍了拍伊兹的脑袋。“谢谢你，亲爱的。你们是我们最好的孩子！”

“不过你们只有我们这两个孩子呀。”奥利说。

“那我可以这么说，很幸运你们都是最好的孩子。”古登先生眨了眨眼睛，点头说道。他转身对着站在门廊上的孩子们，说道：“欢迎魔术团的孩子们来到我们平凡又普通的住处。本该先请你们坐下聊天的，不过……我们一把椅子也没有。”

“你傻啦，”古登太太说，“为了全家人练舞，每天早上我们都要擦洗地板。”

“每天早上都擦洗？”瑞德利惊讶得下巴都快掉下来了。

古登太太摁了下玻璃幕墙，一扇大门打开，里面有几张坐凳、搁脚软凳和几把椅子。“请进。奥利和伊兹经常提起你们。你们随便玩。厨房里在烤羊角面包，有人肚子饿吗？”

“他们肯定饿了。”奥利说。

“期待快乐！①”伊兹补充道。

“还期待羊角面包，我希望。”古登先生说，“我们都饿了。”他跟着妻子穿过门廊消失在大家的视线中。

“对不起，我们直接闯了进来。”莉娜说。

“我们敲过门了。”卡特说。

“我承认目前为止的安排也还算不错，”瑞德利说，“可

① 这里伊兹玩了个文字游戏。在英文中，“hungry”一词既有“饥饿”的意思，也有“期待、渴望”的意思。——编者注

是请别告诉我，你们叫我们来这里就是为了这些。”

奥利侧身翻了个跟头。

“这是理由之一，”伊兹说，“还有别的原因。”

奥利又朝后翻了个跟头。

“不全是为了让你们看这个，”伊兹强调，“是壁橱里的东西。非常非常重要的东西。”

“比你们的体操动作还重要？”

“别打岔！”瑞德利疑惑地大声道，“可以带我们去看吗？”她双拳重重地压在轮椅扶手上，不巧触碰到轮椅上的暗格，一股水雾突然喷向奥利的眼睛。

奥利脸上挂着笑擦去水渍，而后走近壁橱取出一卷纸。伊兹拿好上面，奥利将它拉到底部，一张全尺寸的酒店欢迎海报呈现在眼前。“我们从楼下剧场拿到的，”伊兹说，大伙儿从没见过伊兹有这样严肃的神情，“酒店今天就要把这张海报贴出去了，你们不觉得眼熟吗？”

海报上，一个男子张大了眼睛躲在一副硕大的圆形眼镜片后。棕色的头发梳成中分，现出因惊讶而挑高的眉毛。他的胡须修剪得干净整齐，身穿一套条纹西装，戴波点领结。

他身旁有只腹语表演者常用的玩偶。玩偶的头发同样中分，浓密的眉毛冲下长着，显得有些凶神恶煞。它的脸上有片粉红色斑疹。它穿深色西装，白色衬衫，打着松软的红色领结。很正式的着装，看起来却有些骇人。

海报顶部写着：巨橡园假日酒店，以及文德尔·韦斯珀斯和他至爱的玩偶达令·丹尼尔。

海报底部还有许多像是用红色蜡笔写的字：或者说，达令·丹尼尔和它的玩偶文德尔·韦斯珀斯。

下面是：正在大剧场演出！

最后一行是：很多很多会模仿人发声的玩偶！

“是哪里眼熟呢？”希奥不解地问。

“我猜猜，”卡特说，“伊兹让我带这个来。”他打开书包，取出一个相框。大家围过来凑近了看，里面是一张韦伦先生以前所在的魔术俱乐部成员的照片，那时他们都还年轻。照片左侧远处，有个人藏在暗影里，那正是卡拉根，那个给矿泉镇（或许还有不知什么地方）带来灾难的催眠师。

桑德拉和卡拉根中间坐着一个人：一个手拿玩偶的男孩。男孩梳中分，棕色的头发，金属框眼镜又大又圆，眉毛高挑，透着喜悦的惊奇，仿佛是被猝不及防抓拍的表情。

“就是他！”瑞德利说，“海报上的男人就是照片里的这个小孩儿！”

“看，”希奥补充道，“玩偶也一样。”

莉娜几乎喘不过气来。“绿宝石戒指俱乐部的腹语表演者要来？”

“为什么？”卡特问，“为什么他要来这里？”

希奥担心极了，这个答案恐怕只有他知道。

第6章

“文德尔·韦斯珀斯再过几天就来这里演出，”奥利说着，没有注意到心神不定的希奥，“他有很多演出安排，可能都排到今年夏天结束了，而这还只是巨橡园的安排。”

“据说他很受欢迎，”伊兹挠了挠鼻子说，“比我们还受欢迎。”

“那就说明很多了。”奥利说。

“不，”伊兹说，“是这说明很多了。”她顿了顿，接着又说：“很……多！”

瑞德利的轮椅上又怒射出一股水雾。

“果真是绿宝石戒指俱乐部的那个男孩吗？”莉娜问，“如果……”

“那就意味着麻烦来了。”希奥总结道。

“大麻烦。”卡特说。

“波索双倍的麻烦。”莉娜补充说。

“桑德拉那么大的麻烦。”瑞德利说。

“卡拉根那么疯狂的麻烦，”希奥说，“文德尔·韦斯珀斯要干坏事了。”

“我们必须提前搞清楚他的阴谋。”卡特说。

奥利和伊兹击了个掌。海报从他们手里滑落，掉在地上，紧紧地卷了起来。希奥从裤子口袋里掏出小提琴的琴弓，指向卷起来的海报，海报便从地板上升了起来，仿佛有一只无形的手托着它。它飘向瑞德利，瑞德利抓住它，妥善安放在轮椅中。“这个叫文德尔的家伙跟卡拉根是一伙的，我敢肯定。”她说。

“我们也这样认为。”奥利大声说。

“所以，我们该怎么办？”卡特问。

“去找他！”莉娜脱口而出，“面对面质问他要干什么事。”

瑞德利摇摇头。“我赞同直接去问，但是我们再仔细考虑考虑吧。那个腹语表演者完全能够一口否认我们的问话，而后继续干他那些龌龊营生。”

“想想韦伦先生在火车站说过的话，”希奥说，“我们必须做好准备应对各种各样的情况。”

“对，”卡特说，“我们伺机而动，看他要干什么，这样才能挫败这个文德尔，还有卡拉根。”

“还有那个玩偶！”奥利说。

“你把谁叫玩偶？”伊兹不耐烦地问。

“就是那个玩偶啊。你以为是谁？”

“没谁，你这个玩偶。”

“所以，这么说，我们成侦探啦？”莉娜打断道。

“对！”伊兹说着转移了话题，“我可以粘上假胡须。”

“我有假鼻子！”奥利说。

“我有假牙！”

“我有假牛角！”

希奥大声说：“我觉得我们应该继续排练才艺秀的节目，同时耳朵灵泛点儿就行了。”

“我们还有假耳朵呢！”伊兹继续说。

希奥没理会他们。“先找到那个腹语表演者，悄悄跟踪他，收集线索。要隐秘。做好应对各种情况的准备，就像韦伦先生说的，这样一旦我们知道文德尔的计划，就能马上采取相应行动。”

“同意。”瑞德利说。

“同意！”其余的伙伴也纷纷喊道。

“同意！”古登先生和古登太太在厨房门口说，“同意什么，你们在说什么事？”大家回头才发现，古登先生和古登太太肩并肩站在门口，似乎一时挤在那里动弹不得。

“你先请。”古登先生端着一盘热气腾腾的羊角面包说。

“不，亲爱的，你先请。”古登太太手托一个大浅盘，上面放着一罐果酱、一陶瓷罐黄油，“走吧。”

“谢谢你，亲爱的！”古登先生扭了扭身子，却卡得更紧了。

“我来帮忙！”奥利飞奔过去。

“我也来了！”伊兹跟在弟弟身后大喊。

双胞胎一人接过一个盘子，转身就走了，留下仍卡在门框里的父母。奥利和伊兹坐在银色沙发上，招呼伙伴们：“谁要吃早餐？”

虽然韦斯珀斯的事很严重，可希奥仍然哈哈大笑起来。看到双胞胎和他们的父母喜爱同样的事，希奥心里又泛起一阵嫉妒。

突然，古登先生和古登太太从门框里弹了出来。古登太太朝前跌了个跟头，古登先生立马冲上前去。最后一刻，古登太太挽住了他，攀着古登先生缓缓起身，他们转了个圈站了起来。

“精彩，妈妈！”

“干得好，爸爸！”

古登太太向孩子们鞠躬。“这个动作我们排练好几个星期了，”她说，“你们觉得怎样？”

“我觉得他们都很疯癫。”瑞德利悄悄对希奥说，拼命忍住才没笑出声来。

“我觉得很了不起。”希奥说。

★ ★ ★

一个小时后，当餐车响起吱呀吱呀的声音，希奥的心脏咚咚跳了起来。

推餐车的人穿着服务员制服，因为，呃，他就是服务员。迪恩是度假区资格最老的员工之一，早过了退休年龄，不过身体依旧结实。他们招来迪恩，借口说他们等不及想知道下一个来度假区表演的嘉宾是谁，想提前见识见识。迪恩此刻走在走廊距他们十几英尺远的地方，他的餐车上有只银色托盘，上面罩着闪亮得像镜子一样的圆顶托盘盖。

“嘘！”莉娜从非凡魔术团藏身的角落发出声音。迪恩停下了脚步，只微微侧了侧头，并没有转身。奥利和伊兹再三叮嘱过他，要假装不知道他们在偷看。“他的房间在右手边！”莉娜悄悄压着嗓子说，“506号。”

“哦！”迪恩说着，转身凑近瞧了瞧钉在房门上的房间号。他敲了敲门，等了一会儿，又敲了敲门。

希奥的胳膊紧紧抱在胸前，他屏住呼吸。万一那个腹语表演者听到了莉娜刚才的话怎么办？万一他打开门发现他们在监视怎么办？万一他根本不应门怎么办？万一他早就去了矿泉镇，跟他万恶的同伙碰头，开始实施他的邪恶计划了怎么办？

门闩咔嗒一声响了，接着传来门铰链的吱呀声，迪恩退后了几步。“打扰了，先生，”他说，“我们为您准备了——”

不要啊，迪恩！希奥暗自想着，别说“我们”啊！

“我没订过餐品。”门口传来声音。那是一种低沉且不断回响的嗓音，希奥脖颈处不禁袭来一阵寒意。一个高个子微微欠身出现在走廊。他穿一件白色毛巾睡袍，脚穿拖鞋，又大又圆的眼镜片在光亮下不断地闪着光。

“是我们酒店的欢迎餐。”迪恩说。

“救命！”一个尖细的声音高喊道，“放我出来！”声音有些模糊，仿佛是从餐车的银色圆顶托盘盖下传出的。

迪恩显然吓着了，往旁边一跳。

这时腹语表演者哈哈大笑起来。“对不起，我没控制住自己。”他拿起托盘盖，里面放了一块火鸡三明治，“这个技能我练了几个礼拜，这会儿正适合我练练手。你以前看过腹语表演吗？”

迪恩咧嘴一笑，用手捂住胸口。“很精彩，刚才我真是吓着了！”他开始不住地打嗝。希奥隐隐担忧这位老人可能状态不好。打嗝声持续了很久，这时他才意识到那是迪恩的笑声。“我一定去买你的演出票，韦斯珀斯先生。”说罢迪恩向他微微鞠了一躬。

“叫我文德尔吧。”腹语表演者说。

迪恩端详着他。“呃，我们是不是见过，您看起来很面熟呀。”

“哈，可能吧。好多人都这么跟我说过，我大概长了张大众脸。”

“您来过矿泉镇吗？”迪恩问。

非凡魔术团的成员们紧张地笑着。莉娜刚刚恳求迪恩，求他把这个问题自然地加入对话中。

“很久很久以前来过。”文德尔·韦斯珀斯说，“我还惊讶呢，这里几乎一点儿没变！”

“我们矿泉镇居民以此为傲，”迪恩说，“这里人人向往安宁稳定。”

“这我就想不明白了，每个人都会经历变化，恐怕矿泉镇迟早有一天也会变的。”

“他是不是在暗示什么？”卡特压低声音对他的朋友说。

“不确定，”瑞德利说，“他说得很隐晦。”

“像是某种威胁。”莉娜插话道。

“对。”希奥说。

“说到变化，我来给你点儿小费吧。”说着文德尔把手伸进睡袍口袋。

然而迪恩摁住了他的手。“不能这样，您是我们度假区尊贵的客人。”

“这是我必须做的，伙计！”文德尔·韦斯珀斯坚持往口袋里摸去。

服务员摇了摇头，站直了身子。“不过有一件事情倒是要请您帮忙。”迪恩凑近文德尔，“我十分希望见到……他。”

不知为何，希奥的心突然咯噔一沉。

“见……谁？”文德尔问。很快他就明白了，又说：“啊！”接着他回到房间去。

没过多久，一个崭新的形象出现在门口，是个小木头玩偶。它约莫只有三英尺高，身穿一件褪色的黑色旧燕尾服，呆滞的下巴和粉色嘴唇下系了一个蓬松的红色领结，大大的眼睛，浓密的眉毛，一只大大的朝天鼻。希奥隐约看到一只胳膊藏在它身后，那只胳膊其余的部分隐在门口。玩偶旁边并没有人。

达令·丹尼尔的嘴张开又啪嗒闭上，一串带鼻音的话似乎从玩偶身体里流出。“要买票哟！”它说，“我得让卖票的人明白这点。迪恩，是不是？”服务员点点头，摸了摸他的名牌。“好啦好啦，再见……迪恩。”玩偶不再说话，仿佛是在威胁他。

“再见。”迪恩尴尬地回道，朝孩子们的方向望了一眼。

希奥正要长舒一口气时，出事了。玩偶微微抬起头转向魔术团成员所在的方向，那对玻璃眼睛紧紧盯着他们，仿佛早就知道他们躲在角落。接着韦斯珀斯探出身体，随着玩偶的目光看过来。

希奥登时全身僵硬，身边的朋友们也都倒吸一口气。

玩偶抬起手，向他们微微摆了摆，接着一闪闪回了房间。门砰的一声关上了。

迪恩推着餐车匆忙回到瑟瑟发抖的魔术团成员身边。“这样做行了吗？”他喘着气问。

“他知道我们在这儿！”卡特对众人说。

“那又怎样？”迪恩说，“你们只是一群小粉丝，不是吗？”

“啊——对！”卡特说。

双胞胎倒吸了口气。莉娜双手抱住自己。瑞德利的手紧紧握住轮椅扶手，指节都发白了，还好水没喷出来，不过都积到了轮椅下的地面上。

“完美，迪恩。”莉娜最终说，用力拽了拽夹克衫的袖子，“现在我们得仔细想想刚才看到和了解的东西。”

“我们得去看玩偶表演。”奥利说。

“那个吓人的玩偶。”卡特补充说。

“嘿！”伊兹说，“你叫谁吓人的玩偶？”

这时大家才意识到这个玩笑马上又要引发老生常谈的吵闹了。

魔术秘籍

面包会飞！

趁着非凡魔术团成员们回厨房的间隙，咱们现在正好来学一个和食物有关的魔术。呃……你有没有忽然感觉有点儿饿了？我这可不是在对你催眠——我只是听到你的肚子好像有些意见。先去弄些零食吧，然后赶紧回来，我等你上课……

所需材料：

一把叉子

一个面包，圆的方的都行（大小跟汉堡差不多就好）

一张桌子

一块餐布

一把凳子

魔术注意事项：

开始表演前，需要做好相关布置工作。首先，把叉子戳进面包，叉柄朝向凳子这一侧，放在桌上。然后，用餐布把面包和叉子盖住。最后，等观众入场后，在桌边凳子上坐下。

攻略步骤：

1. 精神饱满地欢迎你的观众，介绍你要表演的内容——让面包自己飘浮起来。

2. 揭开对着观众的那部分餐布，向观众展示面包（不可露出叉子）。念几句咒语，然后再用餐布将面包盖好。

3. 扯住靠近你身体的餐布两角，同时悄悄握住叉子的末端。

4. 操控叉子让面包在空中上下晃动，始终将面包保持在餐布中间位置。（发出“哇”“啊”之类的惊呼，引导观众做出同样反应。）

备选挑战表演：抓住餐布两角的同时，让餐布的另外两角垂落桌面。用叉子将面包挑起，让一部分面包露在餐布外面。假装探头要去咬一口面包，同时控制叉子让面包从你眼前飘走！

5. 一只手——没有握住叉子的那只——松开餐布的一角，然后用这只手抓住面包，将其从叉子上取下。伸出拿着面包的手，向观众展示。

6. 与此同时，把餐布和叉子向后移至自己的胸口处，悄悄松手，让叉子落在并拢的腿上。

7. 撤走餐布，向观众展示面包。

8. 咬一口面包……然后鞠躬致谢！

第7章

非凡魔术团成员乘电梯回到一楼，向迪恩道别后，朝厨房走去。莉娜推着餐车，希奥为她打开门，几乎直接撞上了魔厨韦伦先生。

“哇哦，你在这里！”魔厨韦伦先生抓着希奥的肩膀说。

“爸爸！”莉娜叫道，她把餐车推到一旁，给了爸爸一个大大的拥抱。魔厨韦伦先生也紧紧抱住她，脸上挂着微笑。

“怎么回事，听说厨师给你们六个只准备了一块火鸡三明治，那肯定不够吃。来，坐，都有谁饿啦？”

孩子们围坐在厨房角落一张小桌子边，魔厨韦伦先生在厨房来回奔走，准备做手指三明治和西葫芦汤。“皮儿别烤硬了，特里克西！”他吩咐一个助手道。“不错的摆盘，凯蒂娅！”他又对另一个说。

终于满意地给孩子们准备好午餐后，他来到大家中间，莉娜把掌握的信息一股脑儿告诉了爸爸。他默默听着这些消息，心情有些沉重，不过希奥相信他会振作起来。魔厨韦伦先生永远那么慈爱、乐于助人。他叮嘱大家万事小心，时刻警醒，离韦斯珀斯先生远点儿。他说他要亲自去会会那个腹语表演者，这时莉娜打断了他的话："可我们不想让他知道我们在追查他。如果他觉得我们毫无头绪，可能会放松警惕，这样才有可能打探出他的阴谋。"魔厨韦伦先生犹豫着同意了，不去插手韦斯珀斯这件事。不过下次丹特打电话来他要确认下，确保他们掌握了所有消息。接着他离开餐桌，开始擀一个看起来就很好吃的面团。

"我们来总结总结现有的消息，"瑞德利掏出她的笔记本和铅笔写下，"韦斯珀斯住 506 房间。"

"他跟迪恩说以前来过矿泉镇。"卡特说。

"肯定啊，"瑞德利皱着眉头回道，"他是绿宝石戒指俱乐部成员，不记得了？"

希奥摇摇头。"还不能确定。这只是我们的推测，不是吗？我们要的是事实，不是假设，对吗？"

"我们之所以监视他，是因为知道他是绿宝石戒指俱乐部的成员。"瑞德利说。她指了指卡特的书包，卡特抽出那张照片。"那就是他，不是吗？"

希奥用鼻子哼了一声。他崇拜瑞德利，崇拜她无比的忠诚，但也厌恶她那副把所有人都当成傻子的模样。“那还需要验证。”希奥环视了一圈餐桌，才注意到大家都盯着瑞德利和他，露出不可思议的神情。他们二人发生争吵可不是常事。“韦伦先生再三叮嘱我们要把自己当作真正的魔术师，提前预测到所有可能的后果。这其中的一种可能就是，文德尔·韦斯珀斯不是照片里的那个男孩。”

希奥的这些话似乎奏了效。瑞德利突然清醒了过来，把希奥的话写了下来。

这时身后传来一声尖叫。特里克西和凯蒂娅正在移开迪恩给韦斯珀斯送火鸡三明治的餐盘的盖子。她们揭开盖子，只见一个大约八英寸高的玩偶坐在银色盘子中央。

希奥马上反应了过来，冲过去拿起玩偶。“达令·丹尼尔。”他对朋友们说。

瑞德利伸出手也要看看，希奥递了过去。“这不是真的丹尼尔，”瑞德利说，“是个复制品，比原版要小。”孩子们挨个传看着。

“吓死我了。”凯蒂娅惊魂未定。她和特里克西把餐车从孩子们面前推走，继续埋头工作。魔厨韦伦先生全神贯注地忙着他的面团，什么都没注意到。

“玩偶怎么会跑到托盘盖下面？”卡特喃喃道。

“你应该知道啊，”瑞德利说，“你是我们中间最擅长位移术的。”

“这证明韦斯珀斯先生知道我们在走廊监视他了。”希

奥说。

“所以，他就给了我们一个……玩偶？”莉娜说。

“可能他是想让我们开心一笑呢。”伊兹睁大了眼睛紧张地说。

“要么是想吓唬我们。”奥利不禁打了个寒战。

“也许他是在警示我们，不要再靠近他。”希奥从卡特手里接过玩偶说。玩偶的头看来像是木头做的，眼睛、下巴、头发都是画上去的，包括那个大大的红色领结。玩偶外套的后背里面有条绳子伸出来，末端打了个结。希奥拉了拉绳结，玩偶体内发出了嗡嗡声。

一个微弱的声音浮现：“现在来见我！”

大家面面相觑，目瞪口呆，一句话也说不出来。

过了一会儿，卡特说：“我们还回去就行了。”

“怎么还？”瑞德利问，“敲敲韦斯珀斯先生的房门说‘谢谢，但是不用了’？”

“要我说就留着吧，”莉娜说，“等韦伦老爸回来后让他看看。”

可谁知道韦伦先生什么时候回来呢？希奥想着，也许等他回来，那个腹语表演者的阴谋就得逞了，那可怎么办？

★ ★ ★

稍后，孩子们沿蜿蜒曲折的路返回镇中心。“虽然发生了这么多事，”莉娜说，“但我们还是得再排练排练才艺秀节目。权当换个心情吧。”

“对，”卡特同意道，“希奥负责的结尾部分很重要，还要再打磨打磨。”

“我以为我们定了用莉娜的表演结尾。”希奥犹豫着说。

“还要好好讨论讨论，”瑞德利说，“结尾部分一定要有让人难忘的效果。”

“我还是觉得应该用杂耍结尾。”奥利说。

“哇哦！”伊兹说，“没有什么比我们抛接十二个煮得硬邦邦的鸡蛋更让人难忘了。”

“除非我们把鸡蛋都吃掉！”奥利一跳，不料一屁股跌坐在了地上。

“没门儿，伙计们。”瑞德利说。她把达令·丹尼尔塞进了轮椅背后一个袋子里，这样大家眼不见心不烦。“我们表演的是魔术，不记得了？杂耍怎么能跟魔术相比？”

“跟鸡蛋说去吧。”奥利站起来时咧嘴喃喃地说。

乌云滚滚，遮蔽了湛蓝的夏日天空。远处一道闪电划过天际。天空像泄了闸门一样，暴雨如注倾泻在矿泉镇，非凡魔术团的成员们只好躲在一家理发店外红白相间的条纹遮阳篷下避雨。

大家挤在一起，免得被雨打湿。莉娜指着理发店窗户大喊：“我的天哪，卡特！我知道你擅长把东西变没再变回来，可这也太神奇了吧，你什么时候进理发店了！”其他人顺着莉娜手指的方向，看见窗边的理发椅上，达令·丹尼尔正微微歪着身子坐在上面，直勾勾地盯着他们。

卡特惊得下巴都要掉了。“可是我没——”

“不是同一个。”瑞德利说着，从袋子里拽出他们的那个玩偶。

大家走进店里。店里有位看似并不需要理发的年轻客人，理发师把目光从客人身上移开，说："请坐。我马上来。"

"我们不理发，先生。"希奥说，"您可以告诉我们那个玩偶从哪儿来的吗？"希奥指着窗边的椅子。

"哈，"理发师说，"不清楚，肯定是哪个小孩儿忘记拿走了。"他的注意力又重新回到客人身上，在男子的下巴、脖子上抹上剃须泡沫。

希奥溜到玩偶跟前，把它拿了起来。朋友们的目光追随着他，仿佛他手里拿着的是一包炸药。这个玩偶和先前餐车上的那个一模一样——八英寸高，大大的木头脑袋，用笔绘制的五官，燕尾礼服，后背伸出一个绳结。希奥把手指穿过绳结，拉了一下。熟悉的嗡嗡声响起，紧接着是带鼻音的微弱声音。这次它说："身是木头，心有幽默！"

理发椅上的年轻客人转过他涂满泡沫的下巴说："嘿，这个声音我听过。"

"在哪儿？"希奥马上追问。

年轻男子的目光更关切起来。"今天早晨，我母亲到家时在她杂货袋底部发现了一个跟这个一模一样的小玩偶。我拉下了绳结，它说了……差不多同样的话。"他指向玩偶，"太有意思了。不知从哪里就来了个玩偶，像变魔术一样。"

"有个腹语表演者要在度假区表演，"卡特说，"这些玩偶应该是他的。"

"弟弟和我都住在那里。"伊兹对男子说。

“可能你听说过我们，”奥利补充道，“我们是古登家的双胞胎。我们在巨橡园酒店大堂表演节目，每逢周二和周——”

瑞德利朝奥利的方向咳嗽了几声，示意他不要再说下去。“请问您打算怎么处理这只玩偶呢？”她问理发师，“我是说，如果您不介意的话，能不能把它交给我们？”

理发师摇摇头。“我要放进失物招领箱，万一它的主人回来找怎么办？”他飞快地掏出一把剃须刀，开始刮掉客人脖颈上的泡沫。

“我预感那是不可能的，”瑞德利压低声音对她的伙伴们说，“太可惜了。”而后她挑起一边的眉毛，朝卡特点点头。

卡特的脸涨得通红，他张开嘴巴做着口型：我不干偷东西这种事情！

莉娜勉强哼出一声笑。“好吧，朋友们！雨停了，我们要行动起来了！”希奥把这当作让他放下玩偶的暗示，于是他把它放在了窗边的理发椅上。

等到大家都走出理发店，莉娜把胳膊抱在胸前，说：“韦斯珀斯先生只在今天早晨现了身，他哪来的时间把玩偶放到镇里各处？”

“可能是他手下干的。”卡特说，脸上的红晕还没褪去。

“比如波索。”瑞德利说。

“比如桑德拉。”希奥说。

他们环顾着小镇四周，在遮阳篷和门廊下躲雨的人们开始走出来。阳光透过云层洒下来。

“看！”奥利喊着指向凉亭，“又一个！”

大家连忙冲向街对面。奥利三步并作两步跳上台阶，一把抓起地上孤零零的玩偶。他拉了拉绳结，微弱的声音响起：“和达令·丹尼尔一起逃离无趣的生活吧！”

“玩偶数量好像在迅速增加，”伊兹皱着眉头说，“简直是复制品瘟疫！瘟疫可不是什么好事，对吧？”

“也不一定，”奥利回道，“要是音乐剧有这么多就好了！”

瑞德利从奥利手中拿过玩偶。“这东西邪门儿。”她滚动轮椅来到栏杆边，把玩偶举过头顶。

“别！”希奥大喊着跑来她身边，“会坏的。”

瑞德利转过身说：“我就是要弄坏它，朋友，看看它到底怎么就能说话了。”

“可如果你摔坏它，同样也毁了让它说话的装置，那拿什么来研究呢？”

瑞德利眉头紧皱。“那就等我回家再小心打开它吧。”

“可它是大家的！”奥利说，“是我最先发现的！”

瑞德利失望地把它还给奥利。“好吧，我还有一个在度假区得到的玩偶。”

“谢谢你，”伊兹说，无可奈何地摸了摸眉毛，“他一见到玩具就着急上火。”

“才不是！”奥利把玩偶塞进外套口袋，不无骄傲地说，“我对所有事都上心着急。”

这时，凉亭的台阶上响起吱呀声。希奥四下里望了望，发现艾米莉·墨里迪让正从他们身后走来。希奥长舒一口气，不自觉扬起笑容。

“我看见你们又找到一个新朋友。”她冲着从奥利口袋里露出来的玩偶点点头。

“你好，艾米莉！”莉娜走上前拥抱了她。

希奥多么希望自己也能拥抱艾米莉，然而他只握了握她的手。艾米莉笑笑，一阵暖意拂得希奥的脖子痒痒的。

“你也见过这些？”卡特问。

“对哟，”艾米莉说，“到处都是。”

瑞德利把胳膊抱在胸前，说：“文德尔·韦斯珀斯绝不是什么好人。”

“这是不是魔术俱乐部的某种暗号？”艾米莉问。

希奥大笑起来。“文德尔·韦斯珀斯是个腹语表演者，是度假区新来的。达令·丹尼尔是他的玩偶，这些是玩偶的复制品。我们认为这是他阴谋的一部分。”

“度假区腹语表演者有阴谋？”艾米莉似乎在极力压制自己的笑意。

“他为卡拉根效力，”瑞德利突然严厉地说，“当然会有阴谋。”

“这一点我们还不确定，”希奥说，“我们要考虑到所有的情况，不是吗，瑞德利？韦伦先生叮嘱过。”

“如果这些玩偶只是误导呢？”卡特问，“腹语表演者想把我们的注意力引开，正好让他有时机偷偷干别的事情。”

大家环顾四周，可是不见文德尔·韦斯珀斯的踪影（鬼鬼祟祟干坏事之类的）。

“今天魔术商店关门了呀。”艾米莉转移了话题。

“等爸爸出差回来我们马上开门。”莉娜说。

“不如大家都来乐器店怎样？”艾米莉提议。希奥注意到她说话的时候看着的是自己。“喝杯柠檬水。昨晚我跟爸爸说起你们，他非常希望能见见你们。”

“谢谢。”瑞德利说，脸上挂着勉强的笑容，“不过我们得排练才艺秀节目，别的——”

“我想喝柠檬水。”希奥说。瑞德利惊呆了，不敢相信他竟然拒绝了自己。

希奥的胸腔一阵闷痛，喝点儿柠檬水能有什么不好的呢？

“我也去，”莉娜马上加入进来，“从度假区回来，嗓子都干了。”

卡特耸耸肩，站在艾米莉和瑞德利中间。“我觉得我们还有时间排练，就去一小会儿吧。”

瑞德利气鼓鼓的，不过很快她就放松地靠在了椅背上。“好吧，就一小会儿。”

第8章

乐器店离公园只有一个半街区，坐落在中央大街上的一排石屋中间。二楼窗户上方尖尖的锡皮斜屋顶直耸天空。黑色的百叶帘和窗玻璃相得益彰。墙上几块石头漆成了明快的颜色：浅黄绿色，淡紫色，天蓝色，艳红色，绿玉色。乐器店前窗装饰着金箔字，上面写着：墨里迪让乐器店——这里有帮你发出响声的工具。

艾米莉推开门时，触发了一个机械装置，等到他们踱进商店，音乐盒奏出一段简单的旋律。店里的墙上挂满了乐器：吉他，小提琴，大提琴，小号，长号，大号，木琴，架子鼓，几架电子琴，甚至还有几件复杂精美的哥特风风琴。

远处的柜台后，希奥看到一个身穿棕色粗花呢套装、打扮齐整的男人，音乐停下时，男人从手中修理的物件上抬起头。他是个光头，蓄长长的花白连鬓胡，直垂到衬衫领下。

“嘿，爸爸！”艾米莉说，“这就是我跟您说过的那几位朋友，这条街上的魔术师。”

“嘿！你们好，魔术师们！”他面带微笑，“你们大概已经知道啦，我是艾米莉的爸爸米克·墨里迪让，你们喊我米克就好。”

魔术师们挨个介绍了自己，米克礼貌地一一和他们握手，最后来到希奥·斯坦因·迈尔跟前。

“您好，墨里迪让先生。呃，我是说，米克，见到您很高兴。”

“好长时间没见了，希奥，请代我向你父母问好。”他伸出手捏捏希奥的肩膀，仿佛他们是多年未见的老友，甚至是家人。斯坦因·迈尔一家在这里买过许多乐器和活页乐谱，所以这样的热情希奥也就不足为奇了。米克又对他的伙伴们说：“我一直喜欢魔术，却从来在这方面都很笨拙。你们不介意的话，可以为我们表演一下吗？”

“现在？”

莉娜问。

“为什么不呢？”

卡特耸耸肩说：“我们的表演还需要再排练一下。”

瑞德利转了转她的轮椅，说：“我觉得我们还没准备好面对真正的观众。”

“可是你们昨天还在公园排练呢，”艾米莉说，“大家都看着呢。”

“倒也不难，”莉娜对朋友们说，“是吧？”

“可现在需要的东西也不齐全。”瑞德利说。

“也许能够齐全呢。”卡特说着，拍了拍书包。

希奥看了看兴趣盎然的米克·墨里迪让，说：“给我们几分钟时间准备。”

“没问题，”米克说，“准备好了告诉我们。”

一切就绪后，非凡魔术团开始了表演。双胞胎打头，他们讲着各种笑话，并以不可思议的方式扭动着身体。接下来是卡特，他把自己的头变没了。瑞德利剥掉香蕉皮，露出让人吃惊的内里。希奥拉起小提琴，因为把泰迪熊忘在了家里，便用手绢代替，手绢随着韵律翻飞舞蹈，这次结尾时，希奥顺利抓住了手绢。最后，莉娜再次表演了在魔术商店对付歹徒的情形，她把几位朋友绑了起来，希奥在一旁伴奏。

表演结束，他们鞠了一躬，米克和艾米莉礼貌地报以掌声。希奥感觉自己脸颊发烫。他看了看同伴，他们同样因为这没有激情的回应而失望不已。米克尴尬地清了清嗓子说：“好的是，你们还有提升的时间！”

也许米克的本意是夸赞，可这句话着实不是句赞美的话。昨天晚上利奥的话涌上希奥的心头。为这些魔术花时间真的是浪费时间吗？如果他们无法打动这家商店的老板和女儿，那赢得矿泉镇才艺秀也就希望渺茫了。

“我觉得很棒，”艾米莉说，“你们赢的希望很大。我相信你们。”

瑞德利悄悄跟莉娜说：“那果真是我们表演的压轴部分？”

莉娜的神情有点儿受伤，她什么也没有说。

卡特背对着寥寥的观众，插话道：“莉娜练习得很认真——”

就在这时，米克却鼓起掌来。“精彩！”他说，“那句话你们大概误会了。你们的才艺秀一定会让全场震惊的。真的。你们需要的是再多练习几次。”

奥利和伊兹鞠了个躬，而后向前翻滚倒在地上，假装不省人事。瑞德利、莉娜和卡特窃窃私语，讨论他俩又在玩什么把戏，而希奥置之不理，来到柜台前。

“好久不见，希奥！”米克说，“我以为像你们这样的音乐天才，会对我珍藏在店里的奇妙乐器更感兴趣。”

“我爱音乐，”希奥说，“可是我跟朋友们也很亲近。魔术是我们之间的纽带。”

米克点点头。“朋友和家人一样重要。我很开心艾米莉能鼓起勇气认识你，认识你们。”

“勇气？”希奥回应道，他心中的艾米莉·墨里迪让可是个时刻信心满满的女孩，“她可是用了不到三招就制服了一个小混混。”

“是吗？”米克端详着女儿。艾米莉微微笑了笑，耸耸肩。“倒是稀罕事。”

“我以为你有很多朋友，艾米莉。”希奥说。

“外表往往不可信。”艾米莉噘起嘴答道。

希奥有些窘，马上补充道：“我不是说——”

“没关系，”艾米莉摆摆手，“没什么大不了。”

“也许……”希奥发觉自己的身体突然颤抖起来，“也许你可以考虑偶尔跟我们非凡魔术团一起出去玩？”

“对。”奥利不知从哪里突然冒出来，出现在希奥身边。

“是的，是的。”伊兹也不知从哪里冒出来，出现在希奥另一侧。

“我们喜欢认识新朋友，”奥利说，“度假区里跟我们年纪差不多的却几乎一个也不认识。”

“他们大多数只在度假区待几天或一个礼拜，然后就回到自己日常的生活中。”伊兹说道。

米克转过身时，希奥悄悄说：“艾米莉，你可以帮助我们监视文德尔·韦斯——”

“希奥！”瑞德利几乎是尖叫起来，希奥回头发现她正比着手势让他闭嘴。

希奥退缩了。“可是她已经知道……”瑞德利挑起一只眉毛，希奥知道不宜再说下去了。

莉娜来到柜台前，压低了声音说话。谢天谢地，米克在忙自己的事。“我想艾米莉有的是时间帮我们监视那个腹语表演者。明天我们悄悄溜到度假区，用技能——”

卡特插话道：“用技能秘密行事，对吗，莉娜？”他看了看瑞德利，瑞德利朝他投来一记微笑。

现在轮到莉娜退缩了。卡特和瑞德利站在一起，仿佛军队里的指挥官一样，迅速地筑成一道可以抵御任何潜在威胁的墙。

希奥的手指突然刺痛了一下，像是有一道静电穿过。一定有方法解决，可绝不是目前分歧颇大的非凡魔术团。

“明天我没空，”艾米莉答道，“不过谢谢你们的邀请。”她看向希奥、莉娜、奥利和伊兹，回避卡特和瑞德利的目光。大家都窘迫极了，沉默不语。尴尬的气氛继续着。终于，艾米莉问：“还有人想喝柠檬水吗？”

★ ★ ★

从乐器店出来，奥利和伊兹蹦蹦跳跳往度假区走去，卡特和莉娜走回魔术商店照看店里的宠物。太阳落入地平线，希奥不想违背答应妈妈的话。

“先送我回家？”希奥、瑞德利向伙伴们道别后，瑞德利问道。

从一开始，希奥就想说“不”。她对艾米莉那么无礼，但是希奥不想以牙还牙。不管她的行为多粗鲁，她都是他最亲密的朋友。永远都是。

他们转过街角，朝瑞德利住的街区走去。一阵沉默后，瑞德利最终问他：“为什么你那么想跟那个叫艾米莉的女孩一起玩？她可一点儿都不喜欢魔术。”

“要和我们成为朋友就必须喜欢魔术吗？”希奥说道，“我们聚在一起是因为我们都感觉自己与周围格格不入，怎么能因为别人跟我们不一样就把她推走呢？这很虚伪吧？”

瑞德利叹了口气。“对不起，”她说，“我不是那个意思，我只是——”

“保护我们，”希奥打断她说，“我知道。”

瑞德利的脸青一阵白一阵。“我不是卑劣的人，”她说，“我只是关心那些已经存在于我生命里的人罢了。”

“可看看卡特。每次他去韦伦先生那里，你就担心他捣乱，可他已经是我们最好的朋友了。”

瑞德利良久没有说话。“我想我大概有点儿像今天早些时候迪恩说的那些人——不喜欢改变的矿泉镇人。”

希奥哈哈笑起来。“这句话竟出自一个每天都在把物品变来变去的人？”他拉出魔术琴弓，搭在瑞德利轮椅背后的袋子上，随后抬起胳膊，指挥一只香蕉飞了起来，落在她的腿上。

“那不是一回事，你知道的。”瑞德利把香蕉凑到鼻子跟前闻了闻，随后香蕉像被她的鼻孔吸走一样，消失不见了。最后她把香蕉从耳朵里掏出来，转头递给希奥的却是一根黄瓜。

“有时间的话，你得教教我这个术法。”

走到街角便快到瑞德利家了，这是一幢精致的黄色和紫色色调的维多利亚女王风格的房子。扇形的木瓦让希奥想起了鱼鳞，屋顶角楼像是蜥蜴的角一样。在希奥看来，拉森一家全是动物——野生的——就像瑞德利一样。楼上窗户里亮着一盏灯，她妈妈应该是在写她的又一部流行浪漫小说。

“那你要教我拉琴。”瑞德利回道。

“嗯——”希奥斜视着她，“一言为定。”

★ ★ ★

到了家，希奥不出意外依旧负责布置餐桌，一家人围坐在一起，聊着这天的活动。吉奥和菲奥娜一起在镇上的池塘里划独木舟。克里奥和利奥先去了瀑布，而后爬了度假区附近的山，偶然走到了一处古老的冰洞，即便是炎热的夏天，冰洞也往外冒着冷气。哥哥姐姐们绘声绘色的讲述令希奥不禁怀疑，这个夏天是不是把自己闷在房间里太久——就是韦伦魔术商店里头那间没有窗户的房间。他想到了朋友间的不愉快，想到了才艺秀，想到了韦斯珀斯先生，甚至还想到了艾米莉·墨里迪让。

爸爸问起希奥这一天的经历，他犹豫着要不要告诉家人腹语表演者的到来，出现的无数只玩偶，以及非凡魔术团要揭发坏人阴谋的计划。然而最终他只说自己去了镇上的乐器店。

“乐器店？”菲奥娜大声说，“不错的地方。”人人都对希奥微笑起来，似乎对他终于走上了正道感到很欣慰。仅仅在昨天，这样的反应还会让他浑身紧张，而现在，他回以家人微笑。

被爱着你的人称赞“不错”，这种感觉好极了。

第 9 章

文德尔·韦斯珀斯第二天上午要在度假区排练。因此太阳一升起，希奥就穿好衣服，喂好鸽子，在爸爸面前练琴。接着他装好小提琴，带了一包饼干、一瓶苹果汁（还有他的器具），便出门去见朋友去了。

希奥、瑞德利、卡特和莉娜赶到时，发现奥利和伊兹已经等在大剧场宽阔的门外了。

“有人看见你们吗？”卡特问双胞胎。

“只有几个客人。”奥利说。

“还有几个员工，”伊兹说，“不过我们特意避开了韦斯珀斯日常的出行路线。自他从房间出来，我们一直悄悄跟在后面，躲在他的视线范围之外。他和舞台经理以及工作人员去过剧场。”

“你们确定？”卡特问。

“就像羊皮里的贝壳一样确定！”奥利说。

“听起来相当确定啊。”莉娜说。

“对啊，当然了。”伊兹说着，从外套口袋里掏出一个看似包在羊皮里的贝壳。

“你做的？”希奥问。

“我们希望有人能给我们个机会用上它，”伊兹说，“所以，谢谢你，卡特，非常感谢！”

“说起做东西，”瑞德利开口道，“有样儿东西大家都应该看看。”她从轮椅后面的口袋里掏出一个小布包，慢慢打开，露出了达令·丹尼尔的脚。慢慢地，慢慢地，瑞德利一点点揭开小布包，直到露出玩偶的肩膀。接着她做了个夸张的动作，一下扯开剩余的布——玩偶的头不见了！

莉娜屏住了呼吸。卡特吓得退后了一步。希奥则凑近来仔细瞧。

“昨天回家后，我在这个玩偶身上做了些实验。”瑞德利解释道。

“你是在对它发火还是怎么回事？”奥利问。

瑞德利摇摇头。“我发现它脑袋里藏着这个东西。”她摊开手掌，露出一个小小的黑色装置，几根电线从上面伸出来。大家张口结舌地盯着看。“肯定是无线电发射器。”

“为什么要把它藏在玩偶里？”莉娜问。

瑞德利抬起眉毛，问：“你们怎么想？”

“腹语表演者想录电台节目？”卡特试探着说。

瑞德利眨了眨眼。“这不是录广播节目的装置，而是可以把无线信号传输到家用设备上，以秘密监听——可能还能录下——人们说的话。”

希奥深吸了口气，又紧张地吐了出来。“你是说这背后是卡拉根在捣鬼？”

“不是没有道理。”瑞德利说，“如果文德尔是照片上的那个男孩，那么他将是今年夏天绿宝石戒指俱乐部成员中第三个出现在矿泉镇的人。如果这些无线电发射装置是他回来的动机，那会发生什么？把它们植入我们生活的地方？监控我们？”

“帮助卡拉根监视我们。”莉娜补充说。

“可镇里到处都有这种玩偶，”卡特说，“如果每个玩偶里都有这种装置，那他们的目的怕是要监视整座小镇的人。”

剧场大厅的温度似乎骤然降了几度。

“这意味着我们必须要尽快多了解文德尔·韦斯珀斯的阴谋，”瑞德利说，“必须监视他，以牙还牙。”她指向剧场的门，“我提议咱们分组行动，这样就能多个角度观察他的排练。”

“同意！”卡特说。

“好！”莉娜也点点头。

“那还等什么呢？”伊兹说。

“我们要不要和别人说发射器这件事？”奥利问，“警察，或者父母？”

瑞德利抿起嘴唇。“我建议再等等。还记得治安官被波索收买吗？我们的信息不能告诉错的人，以免惊动他们，会妨碍下一步调查的。”

希奥悬着的心终于放下了，非凡魔术团终于齐心协力了。“我们必须神不知鬼不觉地溜进剧场。”他说。

他们分成两个小组：瑞德利、奥利和伊兹一组，莉娜、卡特和希奥一组。瑞德利和双胞胎去了乐队席附近仔细听辨文德尔的排练，希奥、莉娜和卡特悄悄爬上舞台上方的梁架。

希奥格外小心地爬上长长的梯子，他一手紧握提琴包，一手随着缓慢的爬升节奏，重复着抓住、放开梯子横档的动作。

卡特和莉娜蹑手蹑脚跟在他身后。他们越爬越高，希奥越发怀念起自己的飞翔之梦，害怕掉下去的担心也越发强烈；虽然他擅长魔术表演中的悬浮术，可这些技能只是观众的心理错觉，万一踏空梯子，悬浮术可不是救命稻草。

希奥终于爬上了梁架上的过道，悬着的心刚落下来，提琴包却不小心撞到了地板上的金属网。哦不！他想着，不会还没开始就被抓了吧？

万幸，透过金属网眼，希奥看到下方的文德尔·韦斯珀斯正坐在舞台中央的一把木凳上，达令·丹尼尔坐在他腿上，他们都没有朝发出声音的方向看过来。

观众席后方，工作人员在灯光调控室内把一束光打在韦斯珀斯身上，映射得他周身散发出光芒。“灯光怎么样，韦斯珀斯先生？”一个声音喊道。

“你来定！”腹语表演者说，“你那儿看得最清楚！”

卡特和莉娜还在后面攀爬。等到三人都找好观察舞台的绝佳位置，希奥看了看他的朋友们，想到自己几乎毁掉大家的计划，他感到一阵懊恼。可莉娜只是耸了耸肩，微微一笑，卡特则竖起了他的大拇指。希奥暗自松了口气。

非凡魔术团的成员们蹲伏在剧场里全程监看文德尔·韦斯珀斯的表演。当达令·丹尼尔粗鲁地回答文德尔的问题时，希奥努力憋着笑，几乎快要窒息了。他不得不提醒自己不是来找乐子的，而是要找到线索发现韦斯珀斯的阴谋。

然而事情并没有按照他们预想的方向发展，不到半个小

时，文德尔就不止一次提到了无线电发射装置。（要有阴谋的话那也太过暴露了，不是吗，我的朋友？）希奥意识到，大家必须制订新方案来应对那些玩偶了。

突然，达令·丹尼尔抬头看向文德尔说：“我认为下午茶时间到了，该吃点心了。你说呢，老板？”

“我说，你可没有提要求的权利，丹尼尔。”腹语表演者答道。

“把你的手指头伸进我嘴里[①]，再说一遍！”玩偶说，声音里颇有几分警告的意味。

“好吧，好吧，别弄歪你的领结。那就休息一下吧！”韦斯珀斯对着灯光调控室喊道，接着他拿起玩偶，朝剧场出口走去。

等剧场里安静下来，希奥对卡特和莉娜说：“现在你们怎么想？”

“我觉得他很有意思，”莉娜说，“那个玩偶都能对他发号施令。”

“我感觉不妙，”卡特翻着白眼说，“要是滑叔的话现在能骂得天翻地覆。”

“可是，你很懂礼貌。”希奥笑了笑。

“我永远不会学滑叔的。”

莉娜拍了拍卡特的肩膀。两人达成了无言的默契，自从知

---

① 上文腹语表演者说“你可没有提要求的权利”，原文为 I say you don't have teeth，此处玩偶故意从字面意思（你没长牙齿）挑衅对方。——译者注

道他们是表亲后，希奥觉得他们之间的关系更近了，更像是亲兄妹。

希奥再次妒忌起来，自己的哥哥姐姐只会指指点点给自己提意见。他永远不可能像卡特和莉娜那样，跟他们分享自己对魔术的喜爱。

仿佛有人看穿了希奥的心思，他突然听到下面传来的悄悄话："他父母对他不好。哥哥姐姐们回家后，日子就更难过了。"他们在议论我？"好像他们联合起来处处针对他，我觉得因为这个他的表演也垮了。"希奥双颊滚烫，转头看了看卡特和莉娜，他们也正骇然地望着他。"那是瑞德利？"他问道。

"不可能。"卡特说。

"我敢保证她不是故意那样说的。"莉娜答道。

畏惧袭过希奥心头。"这么说，你们也同意她说的话？"他悄声说，"我的魔术垮了？"

莉娜用力摇头否认："一点儿也没有！"

"我就是觉得我们应该用更好的表演来结尾，而不是那些蠢鸟。"瑞德利继续道。

"还有莉娜的绳子戏法，"奥利说，"我都看厌了。"

"对！"伊兹说，"我是说，难道我们以前没有全程看过吗？"

这次轮到莉娜脸红了。

希奥的喉咙仿佛哽住了。为什么他们要说这些？枉自己以前那么信任他们。

“还有啊，不能让卡特打头，”瑞德利继续说，“他那个没头没脑的把戏穿帮得那么明显……”

卡特拿起笔，敲了敲头顶上方的铁架。希奥睁大了双眼，不敢相信他的朋友竟弄出这么大的动静，不过很快他便意识到了其中的奥秘。卡特敲击的是他们花了整个夏天都在学习的莫尔斯密码。希奥破解了密码，而后点点头。莉娜同样点了点头。

别说了，我们都听到了。韦斯珀斯要是这时候回来也能听见。

没等另一组回答，灯光突然熄灭，剧场陷入黑暗。门砰的一声关上，接着传来上锁的声音。

“怎么回事？”希奥问。

他只能看到身旁卡特和莉娜模糊的身影。莉娜说：“要我猜，应该是排练结束了。”

“韦斯珀斯是不是知道了我们在监视他？”卡特问。

“谁知道呢？”希奥说。

他们在黑暗中静静地待了一会儿，而后慢慢摸索着爬下梯子，从后门出去来到了布景装卸处。

“我们怎么找他们三个人？”亮光下，卡特眯着眼问。

“我不想去找他们了。”想起瑞德利刻薄的话，希奥喃喃道。

“我们在剧场大厅转转看，”莉娜勉强微笑道，“我打赌他们在那里。”

然而，剧场大厅里空空如也，希奥感觉胸腔仿佛空出了一个洞，就在两天前被泥团砸过的那个地方。虽然那些话让他生气，但他仍希望他们不要遇到什么麻烦——矿泉镇的麻烦事往往能演变成灾难性的大事。

“看！”莉娜说着，跑向剧场大厅中央的柱子，弯腰捡起一样儿东西。

又一个达令·丹尼尔。

“是韦斯珀斯留给我们的？”卡特问。

希奥和莉娜一阵茫然。希奥竖起手指贴在嘴边，而后四下里观察着空旷的大厅。他不可抑制地感觉有人正在监视他们。

或者在偷听。

第10章

开启这一章前，我要告诉你们一个秘密，很快这个秘密就尽人皆知了（啊，所谓秘密不都如此嘛）。希奥感觉有人在监视、偷听……

……确实有人在监视、偷听。实际上，有两个人！

“你们在这儿啊！”奥利从柱子后闪出来大声说。

卡特大叫了一声，不禁跳脚后退。

“你们在这儿！”伊兹也跳了出来，就像柱子对面弟弟的影子。

“你们怎么能那样说话？”莉娜问。

伊兹不解地耸耸肩。“我们说什么了？”

莉娜摇摇头。“没事。”接着她迅速环视一下周围，又说，“瑞德利不会突然跳出来吓我们了吧？”

奥利脸上时常挂着的微笑消失了。（那一幕十分令人不快，我的朋友们，还好你们不在场。我，当时在场的我，现在想起那个情形仍后怕不已。）“瑞德利走了。”他说。

“走了？”卡特重复道，“去哪儿了？”

希奥向朋友们摆摆手，示意大家不要讲话，随后指了指玩偶，示意莉娜把它放回地上，让大家跟他去大厅的另一边。“声音小点儿。”他说。

“她打了电话让妈妈来接。”伊兹指了指门外的酒店大堂，“我们还问要不要一起到外面等她妈妈来，可她坚决拒绝了，看起来很沮丧。”

她沮丧？希奥想着，生气的应该是我们才对。他不由得握紧了提琴包的拎带。“连再见也没说？”他问，“是不是身体不舒服？”

伊兹和奥利面面相觑，似乎不想说出实情。

“你们看起来怪怪的，”卡特说，“出什么事了？”

“瑞德利听到了你们在剧场说的话。”奥利说。

伊兹点点头。“对，你们的声音从通风口传到了乐队席。”

卡特和莉娜望向希奥。“我们说了什么？”莉娜问。

奥利严肃起来。“我觉得你们该好好和瑞德利谈谈。”

希奥身上泛起一阵凉意。他跑向酒店大堂，想在瑞德利的妈妈到来前找到她。他奔跑着穿过熙攘的人群，跌跌撞撞地来到酒店门口。迪恩连忙为他拉开门。“谢谢。”希奥喃喃道，

目光搜寻着主楼前宽阔的停车道。

瑞德利不在这里。

就在这时，希奥看到一辆熟悉的汽车正驶出车道，开上回镇里的主路。正是拉森太太浅绿色的普利茅斯汽车。瑞德利无精打采地窝在后座上，看到希奥时朝反方向别过头去。

很快他的身后传来脚步声。“怎么了？”莉娜问。

“晚了。”希奥不停地倒着气，这时他才注意到自己刚刚跑得上气不接下气。

“至少她跟她妈妈在一起，”卡特说，“如果她生病的话——”

“瑞德利生病时从不给她妈妈打电话，”希奥打断卡特说，“她总会自己坚持到底的。”接着他又对双胞胎说，“请告诉我你们在剧场听到的话。”

“可以。”奥利说，“不过，重复那些话保不准我们杀人的心都有了。”

“别开玩笑了，”卡特说，“没看见他很难过？”

伊兹扯了扯弟弟的胳膊。“走了，奥利，我们还得回去喂老鼠呢。”

“好，我觉得我们今天就到这里吧，特别是你们说了我们古登家那番话之后。”奥利说完，双胞胎怒气冲冲地转身消失在度假区酒店的旋转门内。

希奥心里一紧。“等等，我们说了古登家什么话？”

“我都糊涂了。”莉娜说。

“有人想让我们这么说。”卡特答道。他抽出一副纸牌开始洗起来，仿佛这能帮助他理清问题。

希奥摸索着折叠在裤腿里的小提琴琴弓，暗暗希望自己能飘起来，离开这里。

莉娜把他们拉回酒店，希奥去服务台借电话。现在瑞德利该回到家了。

听筒中突然传来声音：“喂？”

“你好，拉森太太，”希奥说，“可以请瑞德利接电话吗？”

“希奥，”她说，“我也说不好现在是不是该让她接电话。”

剧场中瑞德利的那些话在他脑子里嗡嗡回响：他的表演垮

掉了。那些蠢鸟。而双胞胎又说听到了他们的诸多指责！

怒火在心中燃起，不过还是被希奥压了下去。“我有很重要的事，”他努力克制着说，“麻烦您了。”

几秒钟后，电话那头响起瑞德利的声音。“你想干什么？”

“我想知道你怎么了，”希奥努力不让自己的声音颤抖，“双胞胎说你听了我们的话就开始难过了。”

“所以，你是来道歉的。”

“道什么歉？”

“希奥，”瑞德利气冲冲地说，像只老虎一样，“你知道的。”

“我真的不知道。”

“我都听到了！”她勃然大怒，“你跟卡特说，我的魔术无聊极了，比不上非凡魔术团其他成员！奥利、伊兹和我都从剧场的通风口听到了！”

希奥一时语塞：她在说什么？这时，卡特和莉娜来到他身后，露出关切的神情。他摇摇头。

“不知道你从通风口听到的是谁的声音，我们三个人都绝对没有说过这样的话！”

瑞德利顿了顿，说：“你什么意思？”

“我向你发誓，我从没对卡特说过这样的话！对谁都没说过！”

“可我听到了！”

“不知道那是谁的声音，”他低声说，“反正不是我。”

瑞德利沉默了一会儿，接着说："好吧。"

"你相信我吗？"希奥问。

"我想说……我必须相信，不是吗？你是我最好的朋友。"

"我们仨在剧场也听到了些话，"希奥说，"卡特、莉娜和我听见你和双胞胎说我的鸽子是蠢鸟，谁都不配上最后的压轴表演，除了你。"

瑞德利嘲笑道："我没说过那种话！双胞胎姐弟也没说过！"

"没事了。"听到瑞德利平静下来，希奥松了口气，"不过这说明有人想让我们认为自己被团队里的成员针对了。"

瑞德利喘了口气说："是韦斯珀斯先生。"

"你觉得那个腹语表演者——"

"想离间我们？是，我是这么想的。"

"腹语表演者能做到这些？"希奥望着卡特和莉娜问，他们似乎也慢慢猜到了真相。"也有可能是别的人，我想。他当时在跟他的玩偶坐在台上动嘴皮子说话。"

"腹语表演者能够把声音分离出来，"卡特严肃地说，"就像走廊上迪恩的遭遇一样——文德尔能让自己的声音从托盘盖下传出。"

"如果能做到那样，"莉娜说，"只要经过足够的训练，就可能模仿任何人说话。"

"这就是文德尔·韦斯珀斯的计划，"瑞德利说道，希奥把话筒伸到了三人中间，"他看见了我们，故意让我们听些受打击的话。”

“可为什么呢？”莉娜说，“做那么刻薄的事他能得到什么呢？”

“关键在于，”卡特说，“我们在监视他。”

瑞德利从听筒那头说：“我们当然要监视他，可现在问题是，比起我们对他的了解，他更了解我们。所以，我们要停止原先的计划。我建议，先在镇里尽可能搜集更多的玩偶，减少我们被监听的概率。”

“也减少镇里其他人被监听的概率。”莉娜说。卡特和希奥纷纷点头。

瑞德利叹了口气说：“呃，对不起，我抛下你们先回来了。”

“也许这就是他的计划。”卡特说，“把我们分开，他的目的就达到了。”

希奥突然打了个寒战。“我们得记住韦伦先生在火车站说过的话。”总有一天，你的生活会被突如其来的事情所打乱。不要犯迷糊。要仔细思考。远离那些扰乱你思考的人。

“至理箴言。”卡特说。

“一直都是。”莉娜同意道。

“现在我很难过，”瑞德利嘟囔着，“我是不是该返回度假区？”

“这样，我们来搜寻达令·丹尼尔吧，”莉娜说，“我们在剧场大厅里又找到一个，还是去度假区各个角落都找找吧。”

“如果你想找的话，那就去吧，不过我……我得回家了。”希奥说，“还要练琴。”他也说不清这算不算真实的理由。他只知道经过一上午的心惊胆战与愤怒，自己需要休息一会儿。

“那玩偶怎么办呢？”莉娜问。卡特环抱着胳膊，忧心忡忡。瑞德利一句话也没说。

“照目前的情况看，我敢肯定回家路上也能碰到几个玩偶。”

第11章

这是希奥第一次独自一人离开度假区。

长长的路陡峭曲折，每经过一道急转弯，没有朋友陪伴的希奥就更加迷茫。走到家仿佛遥遥无期。他止不住地想，在舞台上方梁架上听到的那些话其实有些是实话。

朋友们会不会质疑自己的才艺？

自己该不该自我怀疑？

而后他想明白了：这重要吗？自瑞德利发现那些无线电发射装置，所有这些怀疑都应该让位给这件正事。

夏天的阳光毒辣地炙烤着他的肩膀，此刻的希奥无比渴望喝一杯艾米莉昨天为大家准备的柠檬水。通常，穿上燕尾服会令他感觉自己很重要，而外套和长裤也是必穿的，因为里面藏了很多魔术道具。然而这些值得他忍受此刻的不适吗？

希奥脱掉外套搭在肩膀上，第一次开始考虑自己是不是要换一种着装风格。

没多久，希奥看见有人走在他前面。她一头长长的金发，穿黑色棉 T 恤和长裙，脚蹬芭蕾平底鞋。

“艾米莉？”他喊道，女孩应声回头。

“希奥！”她招了招手，“刚刚我正好想到你呢。”

希奥来到艾米莉身边。“我也是！真是奇怪。”

艾米莉红了脸。“我是说，我在想你们大家①，非凡魔术团的所有成员。”

这下希奥也窘起来。“哦，我在想你昨天的柠檬水。”他也补充道，仿佛这句话能纠正先前的错误似的。

“来乐器店吧，冰箱里还有一大罐柠檬水呢。”

希奥认真思考了一下，可今天发生的事情实在令他筋疲力尽。“谢谢你，不过我得回家了，下次吧。”

艾米莉耸耸肩。“当然可以。”

“你刚上山去度假区了吗？”他问。

艾米莉摇摇头。“我就是沿这条路走走，看能不能遇到你们，不过……”她指了指自己的脚，“才发现走这么远的路却没穿对鞋，所以又折回来了。忘了路这么难走。”

希奥擦了擦额头的汗，点点头表示同意。接着两人继续

---

① 在英文中，单词“you”既可指代“你”，也可指代“你们”，所以艾米莉才会做如此解释。——编者注

赶路。

“我刚刚撒谎了，”过了一会儿艾米莉说，“对不起。我返回来不是因为鞋，我……担心瑞德利看到我会生气地冲我嚷嚷。”

“可以理解，”希奥点点头，“她有时候确实很直接。”

“今天上午还好吧？监视行动有进展吗？”艾米莉揶揄一笑。

“我们行动了，不过大概没人觉得有进展。”

艾米莉咯咯笑了起来。“哦，你对自己要求太高了。我敢肯定——”

“不，是真的，”希奥打断道，“情况很不好。”他不想再解释下去，瑞德利发现发射装置这件事此刻应该保密。

“做侦探可不是件容易事。”艾米莉说道。

希奥笑了。“你觉得我们这样做奇怪吗，四处偷偷摸摸地，跟踪一个表演者，还有他的玩偶？”

“呃，要那样说的话……”她轻声笑起来，“大概我也不知道自己会怎么想了。要是大家都传言非凡魔术团一整个夏天都在矿泉镇晃来晃去，那我该如何判断呢？”

希奥又哈哈笑了，不过此刻他感到很不自在。“都有什么样的传言？”

两人继续赶路，艾米莉跟希奥讲起自己从乐器店顾客那里听来的话。有几次，希奥打断并纠正了她，补充了些信息，且叮嘱她这些事不可以告诉别人。艾米莉欣喜万分，不敢相信这座昏昏欲睡的小镇里竟有这般冒险经历。

“真是让人向往啊，”她总结道，“你们是真正的超级英雄！”

希奥浑身一震。“超级英雄？”他回道，“算不上的。”他的飞翔梦再次跃入脑海，艾米莉的话正中他的心窝。

希奥的肌肉不自觉抽动了一下，他想牵别人的手时总是这样。这种感觉令他想像古登家的双胞胎那样跳起踢踏舞，但在艾米莉面前他可不敢这么做。

“你确定不来乐器店？”艾米莉问，“爸爸再见到你一定会很开心的。有时候，我觉得他把自己关在那里太长时间了。”

“哥哥姐姐们在家只待几天，然后就各自回到他们日常的生活中，分散在世界各个角落。我总该陪他们一段时间。”

“世界各个角落？”艾米莉重复道，“他们是做什么工作的？”

“都是做音乐的，类似我这种。不过他们都是专业的。我大哥利奥还劝我不要玩魔术了，要专心练琴。”

“我妈妈也差不多，”艾米莉继续道，“她总念叨我的分数，虽然我从没得过低于 B 的成绩。活在他人的期望中真的很累。”

“是啊！”

不知为何，这时朋友们的面庞出现在希奥的脑海中，他意识到朋友们的期待有时也会那么让人乏累。

艾米莉笑了笑说：“你可以表演给我看看怎么让东西悬浮

起来吗？”

“魔术师从不暴露自己的秘密，”希奥一边说一边从裤子口袋里拉出琴弓，“但是魔术师也从不拒绝人们想看表演的请求。”他跑到艾米莉前面，而后转身。“站那儿别动。”艾米莉依言一动不动地站在那里。

希奥将身体朝她的方向倾斜，调整到合适的位置，而后将琴弓举过头顶：“这很费功力的。我可能需要你来接住我。”

“接住你？”艾米莉担忧地问道。

希奥自顾自念叨起来：“信姆……萨拉……拜姆！”之后他的身体渐渐上升到离地几英寸的地方，悬浮在那里。当希奥双脚落地时，艾米莉尖叫起来。希奥深深鞠了一躬。

“太奇妙了！”她说，“你到底念了什么？”

“信姆……萨拉……拜姆。”希奥说，“哦，就是韦伦先生总念叨的话。这些话很有魔力，因为它们几乎总能奏效。”他笑了笑，把琴弓收回口袋。

“如果我对我妈念几遍，她就不会总和我爸吵架了。”

“我以为你说他们——”

“噢，他们没离婚，”艾米莉迅速回答，“不过妈妈几年前去了北方工作，好支撑乐器店开下去。我要在他们俩之间来回周旋，夏天跟爸爸过，上学时就回北方跟着妈妈，很怪吧？”

希奥突然为自己对家人的抱怨感到羞愧，他们一家人待在一起的时间要长很多。“对不起。”

“我已经习惯了，不会因为这些难过。”

“那就好！”希奥说，“如果你真的难过，一定要告诉我，我托着你的背让你悬浮起来！”

艾米莉笑了，她握住希奥的手。这一切发生得太突然，以至于希奥几乎下意识地把手抽了回来。

“谢谢你，希奥！”艾米莉说。

她掌心的温暖仍留在希奥的手掌里。“你——”他的声音沙哑起来，于是他清了清嗓子，“你别客气。”

走到小镇凉亭那里，他们互相道别。希奥转过街角走上回家的路，他感觉自己好像飘浮起来了。

可他明明没念什么“信姆……萨拉……拜姆”啊！

走到家门前的石子小路时，希奥听到后院传来一阵音乐声——那是一段如悬在空中的彩虹一般的旋律。他好奇地走过去，发现哥哥姐姐们正和爸妈聚在露台上，弹奏着各自的乐器，各种声音交汇而成的爵士乐曲，仿佛傍晚天空中舞动盘旋的椋鸟。

希奥取出自己的小提琴，在琴弓触到琴弦的那一刻，姐姐菲奥娜开心激动地欢迎他回家。哥哥姐姐们都放轻了自己的琴声，默契地让希奥当主乐手。

希奥闭上双眼，感受着音乐的起伏，仿佛正在和哥哥姐姐们一同游戏一般。每当希奥放慢节奏，大家也跟着慢下来，由他把控音乐的节奏。他们沉浸其中，乐声越来越响亮，节奏越来越快，直至高潮迭起的尾章，而后是长久的沉默。

他们睁开双眼，突然一齐鼓起掌来。

“精彩！”妈妈说，“太精彩了！”

“你们都演奏得很好。”爸爸说。

“我说，”利奥说，“你们听说矿泉镇才艺秀了吗？”

“我看到过宣传。”克里奥尖声说。

“我们应该去看看。”吉奥提议。

“不只是去看看，”菲奥娜说，“还要参加比赛。”

“我们肯定能赢！”利奥说，“不是吹牛，放眼整个矿泉

镇，有哪个家庭能像我们这样天才辈出？”

希奥脸上的笑容消失了。“非凡魔术团也参加比赛，”他低声说，“我们排练了有一阵子了。”

希奥看到爸妈互相递了个眼色。

“可是，希奥，你真的很有才华。”克里奥说。

“我们都有才华，特别是大家聚在一起的时候。”吉奥补充说。

“如果你还没意识到音乐才是你该干的事业，那我也没什么可说了。”利奥插话道。

希奥想说他们都错了，魔术和音乐都是他的至爱。此刻他心里有个声音告诉他，可以用悬浮术让自己悬在空中，让他们个个惊诧，可希奥知道自己最终只能做出乏味和令人失望的反应。

“拜托，希奥，帮我们在才艺秀上一举夺冠吧！”菲奥娜劝说道。

“我考虑考虑。”希奥答道，大家都惊讶于他竟能说出这样的话——就连他自己似乎也吓了一跳。

第12章

第二天，哥哥姐姐们邀请希奥一同徒步去山脚下的湖边玩。抵达目的地后，他们一同游泳、野餐，下午分两队比赛划船，希奥的队伍以不超过他琴弓长度的微弱优势赢得了比赛。

这样的外出玩耍持续了一整个礼拜，希奥邀请艾米莉·墨里迪让参加了其中的一次活动。他想问艾米莉能不能再次牵她的手，可哥哥姐姐们的目光让他和艾米莉尴尬不已。不过，艾米莉成为其中一员的感觉很好，她随和开朗，待人友善。

艾米莉还说镇里给文德尔·韦斯珀斯的表演宣传用的达令·丹尼尔越来越多，人们每找到一个，就仿佛中奖了一样高兴。大家把玩偶摆在窗台上、轿车后风挡玻璃前，小孩儿捧着玩偶不愿撒手。高处的树枝上，低矮的灌木丛后，玩偶到处都是。

这让人毛骨悚然，希奥知道和非凡魔术团再次相聚的时间到了。距离上次聚会已经过去了一周，他又来到古登家的套房，在镶满镜子的客厅一角看到了堆成一堆的达令·丹尼尔。

“你们这周肯定很忙吧。”希奥说。朋友们惊讶地看着他。他已经缺席了好几次才艺秀节目的排练。

“我们非常忙。”瑞德利答道，“卡特和莉娜在魔术商店找到几个玩偶，奥利和伊兹在休息区的棕榈盆栽后面找到许多，餐厅餐桌下又找到几个。我在百货商店发现了几个，昨晚，我撬开它们的脑袋，发现每个里面都有无线电发射装置。”

“听听这个，希奥！”奥利说着，从玩偶堆里拽出两个，拉动它们的绳结。其中一个说：“你将不敢相信你的眼睛和耳朵。”另一个说：“还等什么，现在就去买票。”

“这些是为了宣传他的表演吗？”希奥问。

“我们认为可能是一种暗号。”卡特严肃地说。

瑞德利点点头。“坏蛋们用这些设备传递信息。”

“说不定这些真的就只是为了做宣传呢。”莉娜仍抱有一丝希望。

“我觉得不太有这种可能。”希奥回复道。

“不管怎样，目前收集到的这些玩偶不足以阻止卡拉根的阴谋，”瑞德利说，“我们还是先来商量商量怎么让拿到玩偶的人远离它吧。”

“问题是，偷东西这种事我是不会干的。”卡特交叉胳膊抱在胸前。

瑞德利摇摇头。“谁来劝劝他，这哪能算偷啊。我们是在搜集危险品，以防它们伤人。”

“而且我们魔术团身怀绝技，一定能做好。”莉娜说，“拜托，卡特，肯定会很有意思的。”

卡特抿着嘴，游移不定。“我们是不是首先要排练好才艺秀的节目？”

“如果这能让你答应参加行动的话，”瑞德利俏皮地说，“关于结尾我有些新想法——”

“依我看，我们不该再一味等下去了，”希奥打断说，他担心万一开始讨论节目结尾部分，会听到不希望听到的话，“每天镇里似乎都会多出很多玩偶。”

“对，”莉娜马上同意，“我们可以后面再排练。”这个建议似乎令大家都放松了下来。

这天早些时候，奥利和伊兹看到酒店经理阿诺德先生手拿一个玩偶回了办公室，因此他们决定下楼去大堂。谁知道这玩偶（或者进一步说，通过玩偶秘密监听的人）要从某个手中握有大量私人信息的人那里得到什么秘密呢？为了破解达令·丹尼尔的秘密，他们需要转移几百名来此度假顾客的注意力。

万幸的是，亲爱的读者，几百人是最理想的观众规模。

他们穿过大堂来到巨橡园假日酒店著名的大熊雕塑前，这尊熊足有一头真熊那么大，头上还戴着顶黑色礼帽。伊兹爬上奥利的肩膀，希奥扶着大熊爬到了伊兹肩上。他挥了挥手中的小提琴琴弓，对着人群大声喊道：“上午好！欢迎来到巨橡园假日酒店！”

有几个人回头看过来，希奥用余光看到，卡特、莉娜和瑞德利悄悄溜到阿诺德办公室旁一株巨大的盆栽后面。

“我是希奥·斯坦因·迈尔！在我下面的是伊兹·古登！”伊兹伸出双臂。“伊兹下面是她的双胞胎弟弟奥利·古登！”奥利微微做了个踢踏舞的动作，上面的两人跟着晃动起来。“我们给大家表演一个小魔术，希望大家喜欢。请认真看好啦！”说着希奥在大熊的礼帽上方挥舞起琴弓，突然间帽子离开大熊毛茸茸的脑袋飘浮了起来。他又动了动胳膊，琴弓指到哪儿，帽子就飞向哪儿。众人都鼓起掌来。

希奥指挥帽子在空中旋转一圈，而后啪嗒一声，帽子落在了伊兹头上，帽檐滑下来遮住了她的眼睛。人们笑了起来，掌声比先前更加响亮，越来越多的人驻足观看。接着大熊的帽子又从伊兹头上飞起，翻了个一百八十度的跟斗，落在奥利头上。整个过程，希奥都挥舞着琴弓，全神贯注。

奥利取下帽子，翻转过来拿到自己跟前。希奥微微沉下身体，在帽子上方舞了几下琴弓，两只小老鼠竟然从帽子中浮了起来，悬在半空中，紧张地吱吱叫着。

“请看奥兹和伊利！”伊兹和奥利大声吆喝着，“我们的老鼠助理！”

人群中几个人尖叫了起来，其他人则哈哈大笑。希奥看到卡特、莉娜和瑞德利仍旧躲在盆栽后，因此又拿起琴弓，老鼠直接飞向了观众。

一些客人慌忙逃走，一些尖声叫喊起来。小孩子跃跃欲试，想抓住空中的老鼠，不料却被他们的父母一把抱走。一片混乱中，夹杂着人们互相撞到时愤怒的抱怨呵斥声。

就在这时，阿诺德办公室的门洞开，砰一声撞到了墙上。他穿一套白色制服，脸一如往常红润。看到双胞胎姐弟和希奥一个叠坐在一个上面，他喊道：“这是怎么回事？”

“我们在即兴表演魔术，老板，”奥利说着弯下膝盖跪了下来，“招揽生意。”伊兹握住希奥的手，希奥从她肩上滑下来。紧跟着，她也从奥利肩上滑下来。老鼠轻轻落在地板上，急急慌慌钻进楼梯旁的一道缝隙里。

“老鼠？”阿诺德满脸惊恐，“巨橡园假日酒店里的？”

“别担心，先生，”奥利答道，“它们会自己找路回到我们那儿的。”

“对，”伊兹说，“它们是我们见过的最聪明的老鼠。”

阿诺德先生的眼睛气得鼓鼓的，他转身开始安抚惊慌的客人。

那边，卡特、瑞德利和莉娜悄悄溜进办公室。希奥让双胞胎姐弟稳住阿诺德，不让他脱身，自己也溜进了办公室。

希奥一进去便看见经理办公桌后储物架最高处放着那个玩偶。“我们够不着。”莉娜悄悄说。

“给我点儿时间。”希奥说着爬上椅背。卡特和莉娜扶着他的腿，瑞德利负责望风。朋友们有没有盼望他用悬浮术把它取下来？希奥心里想着，显然眼下的情况，这是更为简便的办法。他挥了挥琴弓，让玩偶飘下储物架，眼看就要掉落在地，卡特伸出一只手及时接住了它。

“快点儿！”瑞德利摆了摆手，从门缝里窥着外面，“双胞胎快撑不住了！”

几秒钟后，希奥、卡特、莉娜和瑞德利平静轻松地溜出办公室，掩在大熊后面，躲过阿诺德先生的视线，把得手的玩偶悄悄放进瑞德利轮椅后面的袋子里。“咳咳！”瑞德利大声咳嗽着。

奥利和伊兹马上对阿诺德先生笑笑，向仍留在大堂里的宾客鞠了一躬，便匆匆消失在人群中。

魔术秘籍

扑克掌上飘！

我也希望能教你怎么让一对老鼠飞起来，但不是谁都能弄到那么多老鼠来练手。所以，就用一张扑克牌来代替吧。我们要让它从你的手掌上飘浮起来，而且还能不停旋转！变这个魔术，需要做不少准备。但只要你多加练习，肯定能让你的朋友们大开眼界！

所需材料：

一个透明的塑料盒（装食物、可放冰箱存放的那种）

一把剪刀

一张普通的扑克牌

一小团点点胶（点点胶柔软透明，在手工耗材商店能买到）

前期准备：

1. 在大人的帮助下，从塑料盒上剪下一块长方形塑料片。塑料片的大小要比扑克牌略小。

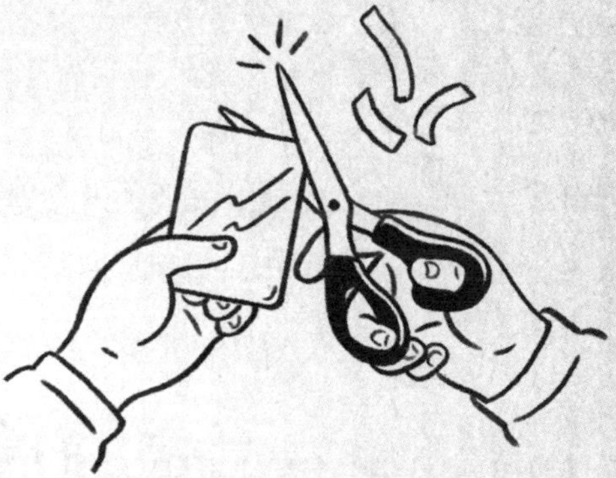

2. 将点点胶粘在长方形塑料片的正中央，然后把扑克牌的背面粘在点点胶上面，注意塑料片的四条边不能超出扑克牌边缘。

攻略步骤：

1. 调整角度，方便你的手抵住塑料条的两端，一端抵在大拇指指根处，另一端抵在食指或中指上。

2. 轻轻挤压被抵住的塑料片边缘，慢慢让塑料片中间部分凸起，让扑克牌高出你的手掌。

3. 为增强视觉效果，伸出没有握牌的那只手，轻轻把扑克牌的一角往你身体的方向扭动，而当松开牌角并挤压塑料片时，扑克牌看上去就会像旋转着从手掌上升起。

4. 用大拇指和食指捏住纸牌上下两端，将扑克牌从点点胶上扯下来。最后可以转动一下纸牌，做个漂亮的收尾，而后把它拿开。

5. 跟以前一样，向观众鞠躬致意！表演得真棒！（但如果只是还行，那就练习，练习，再练习！）

第13章

接下来的几天，希奥和他的朋友们找到了更多的达令·丹尼尔。他们去了河边的小山，去了托儿所的操场，去了莫利·弗伦德里希的纺织博物馆，去了中央大街上的电影院。在电影院里，他们为一小群观众表演魔术，为自己争取足够的时间，转移手上有玩偶的人的注意力，趁机搜集玩偶。

大家仿佛又回到了以前的时光，希奥很开心，那次在剧场监视文德尔·韦斯珀斯时发生的不快也都消散了。非凡魔术团甚至在才艺秀节目的压轴表演上也达成了一致：重现打败哭丧脸小丑的全过程。

最终，他们还得出结论，达令·丹尼尔说出的话不超过六种，最后一种是“聚焦巨橡园”。如果不是玩偶体内的无线电发射装置，这真的只像是为文德尔·韦斯珀斯的表演所做的宣传。

到了星期三，魔术团成员决定暂停搜寻玩偶，一同去矿泉镇露天游乐场，今天正值热气球节在此开幕。希奥和瑞德利先来到前门，等待其余的伙伴。

“我们好久没这么开心地玩耍过了。”瑞德利说。

“真的？”希奥挑起眉毛，“没想到你也喜欢玩耍。”

瑞德利避开他的眼神。“我当然喜欢。哪个小孩儿不喜欢？”她取出一条口香糖，剥开银色箔纸，递给希奥看。粉色口香糖上印着“玩乐”二字。希奥笑了笑。瑞德利的袖子里总能变出东西来。她把口香糖塞进嘴里，开始咀嚼。几分钟后，她伸出舌头给希奥看，只见舌头上印上了同样的字：玩乐。看上去就像文上的一样。

希奥正想拍手称赞，耳边响起一个声音：“气球都去哪儿了？”他转过身，发现了奥利和伊兹，二人穿着款式相同的格纹呢子连体裤。

“还没开始充气呢。”希奥答道。

“要等热气来了才行。”奥利说。

“那你这就来了！”伊兹抱怨道，戳了戳弟弟的肩膀。

奥利恶狠狠地翻了个白眼，甚至来了个后空翻。

“有谁准备好来次真正的悬浮？”莉娜走到卡特身边问。

希奥面带微笑，将琴弓指向空中。“只要是悬浮，什么样的形式我都喜欢。”

非凡魔术团一同走进大门。游乐场里，一大片空地中央停着十几个吊篮。长长的气球从每个吊篮上垂下来，随着热气充入，工作人员在周围忙碌地跑来跑去。渐渐地，气球的形状显现出来。有几个是球形的，一个似乎是著名的卡通形象米老鼠，另一个则像条龙。每只热气球上都有独特的图案，有彩虹条纹的、杂色菱形的，有在泛出微光的深蓝色底色上缀着亮白星星的，还有绿底粉色心形的。一个紫色的气球上甚至绘了一只白色的和平鸽，嘴里衔着一根月桂枝。

看着它们升起的感觉真美妙啊！孩子们坐在那里，痴迷地看着十二只气球慢慢升到高处，其中几只甚至升到了一百多英尺的高度。

突然，瑞德利倒吸了一口气。“怎么了？”卡特问。瑞德利指向其中一个货摊。摊档前，文德尔·韦斯珀斯刚刚点了一个大热狗。

“怎么办？”莉娜问。

“跟踪他。”瑞德利说。

“为什么？”卡特问，“就看他吃热狗？”

“收获总在出其不意当中。”希奥说。

“在热狗当中？”卡特接口道。

瑞德利向空中伸出双手。“在他的行踪当中。在他的一举一动当中。在跟他说过话的人当中。到处都是。”

文德尔转过身，面向热气球，吃完了他的热狗，魔术团成员们迅速溜走掩藏好。他自顾自点点头，仿佛刚刚做了个决定，接着从身后口袋里掏出一个小本，草草记了些东西。

有线索了！希奥想。

文德尔踱步离开小吃摊，穿过中间的路，来到一个亭子前，上面有着巨大的标牌：热气球乘坐售票处。

“快，”瑞德利说，“跟上他。”

他们两人一组分头行动，以免引人注目。希奥和莉娜一组。

“我们要不要也买票？”走近售票处时希奥问道，“这样

就显得我们只是随意出来玩的。”

“好主意。”莉娜说。

购票队伍里，文德尔与他们中间隔了几个人。卡特和奥利两人在远处。瑞德利和伊兹躲在售票亭后面偷偷看着希奥和莉娜。大家都忧心忡忡。希奥想起了韦伦先生的叮嘱：万事要思虑周全。现在，万一出了差错，万一文德尔·韦斯珀斯转身来指责他们，他们将毫无退路可言。

队伍移动很快。希奥看到韦斯珀斯买了一张单人票，稍后

他和莉娜也各自买好了票。

莉娜拽了拽希奥的胳膊，说道：“他朝那边走了。”文德尔朝着有着深蓝底白星星的气球走去。气球边上的工作人员指挥着人群，拿着喇叭嘶喊着：“你们一伙几个人？这边！不，那边！”

周围乱糟糟的。希奥和莉娜检票后被推搡着向前——恰好被推到了白星星气球上。他们一抬头，才发现韦斯珀斯就在眼前，正背对他们，眺望着露天游乐场，发出轻轻的笑声。他是不是故意让他们跟着上这个气球的？希奥思忖道。

气球驾驶员指令一个工作人员扔下挂在吊篮上的沙袋，气球渐渐离开了地面。希奥倒吸了口气。现在可完全没路可逃了，他想着。

除驾驶员外，热气球上共有五位乘客。大家都望着外面的风景，只有希奥和莉娜两人尽可能靠向吊篮中央。“他动一下，我们也跟着动，”希奥悄悄说，“不要让他看见我们。”

“假如他早就看见了呢？”

希奥不愿去想被腹语表演者发现的后果。他会不会把他们扔下热气球？太可怕了，不过他们仍旧有机会。

文德尔·韦斯珀斯的笔记本从他后侧的口袋里露了出来。希奥轻轻推了推莉娜，朝笔记本努努嘴。万一里面有重要信息呢？比如可以帮助非凡魔术团找到阻止他的方法，避免他通过达令·丹尼尔监听他们乃至整个城镇。

希奥抽出他的琴弓，小心翼翼不让自己的胳膊碰到别人。

他秘密施展术法让笔记本从文德尔的口袋里飞出来。接着他慢慢抬起胳膊，笔记本随之向上悬起，一点一点地，直到悬在希奥和莉娜中间。文德尔没有发现，他正用一个小相机拍周围的风景。希奥取下悬浮在空中的笔记本藏在背后，然后和莉娜走到吊篮另一侧。

莉娜轻声说：“我们现在就看，落地前把它放回去。”

希奥点点头，把笔记本交给她。“我望风，他一往这边看我就提醒你。”

莉娜眨了眨眼，面朝外用身体挡住笔记本。她刚翻开，几

乎同一时刻，文德尔突然转过身来。希奥猛地推了推莉娜的胳膊提醒她。

笔记本从莉娜手中滑落，消失在空中。

第14章

哦不！

希奥的故事我讲得太投入了，居然忘了一个不幸运的章节数字：13。

前几本书中，我都设法把它删除了。啊呀！

错过了上一章删除它的机会，那我们就跳过第十四章作为替代？

反正你们也不迷信。

对吧？

第15章

“怎么办？”莉娜问。

希奥比出“嘘”的手势。文德尔此刻面朝他们，不过似乎并没有注意到莉娜拿了他的笔记本，也没有看到它刚刚落下去的情景。“天气真好。”他们听见文德尔对身旁的女士说。

“是呀，”女士回答道，“你不是……”

幸好他们聊起天来，而且气球也开始下降，分散了他的注意力。回到地面上，希奥和莉娜故意走在最后，方便有更多时间寻找笔记本。

“在那儿！”希奥用手指着轻声说。笔记本躺在吊篮出口对面的草丛里。“怎么才能悄悄拿到呢？”

莉娜把手伸进口袋，扯出一条长长的白色绳子，迅速打出一个套索，手腕轻轻一甩，就套住了文德尔的笔记本。接着，莉娜动作敏捷地收线，还来不及担忧被别人看见就完成了任务。

希奥一拿到笔记本，就塞进自己的外套里，然后和莉娜一同走下吊篮。他们藏在卖棉花糖和柠檬水的两顶帐篷中间，突然希奥感觉自己的胳膊被抓住了。“快跑，莉娜！”他大喊。

“不，希奥，是卡特！”莉娜安慰道。卡特、瑞德利、奥利和伊兹站在两人身后，面露不悦。

“你们在想什么呢？那样做很危险！”卡特说。

“被他发现了怎么办？”瑞德利也说。

“被他捉弄了怎么办？”伊兹补充说。

“他要送你只宠物孔雀怎么办？”奥利满是期待地说。

希奥拿出腹语表演者的笔记本。“可冒险是值得的，”他说，“我们拿到了一些重要信息，真实的重要信息，有关他的。”

“你们偷来的？”卡特问。

“正要还回去，”莉娜说，“希望能赶在他发现之前。”

“里面写了什么？”瑞德利问。

希奥深吸了口气，打开了封皮。文德尔的字迹杂乱潦草，几乎认不出来。不过希奥依稀能够辨别出来，他大声读了起来：“文德尔·韦斯珀斯的食物日记。”他抬起头，脸上火辣辣的，接着翻了翻开头的几页。“早餐：两个鸡蛋，半个甜瓜。上午茶点：半杯新鲜酸奶配格兰诺拉麦片。午餐：煎——”

“明白了，”瑞德利说，“你们发现的重要信息就是腹语表演者都吃了些什么。”

希奥翻到笔记本的最后部分，文德尔写了，热气球节消费：一只芥末热狗。“呃！”他厌恶地合上笔记本。他怎么这么蠢？冒了这么大的风险只得到……

“或许它不仅仅是一本食物日记。”莉娜示意希奥把笔记本递给她，“你们记不记得，我爸爸的生意账簿就是用密语写的呀！”

“对！”卡特说，“密语里藏着他们俱乐部秘密成员的名字！”

“我看看。”瑞德利说着翻了翻本子，“没看出什么规律，也许他是用同字母异序词来记录秘密信息。”

“什么是同字母异序词？”奥利做了个暂停的手势。

“很明显，腹语表演者的‘奶奶’名叫‘安娜’。[1]”伊兹说。

瑞德利抽了抽鼻子，差点儿被逗笑了。“就是一些词语或短语能够通过变换字母顺序，组成新的词语或短语。”伊兹和奥利不解地看着彼此。“比如说我记得有个例子：The eyes, they see.（那双眼睛，它们看得见。）”

“看见什么？”伊兹问。

“不，不，”瑞德利说，“看这几个单词的字母。这句话的前半部分（the eyes）跟后半部分（they see）的字母相同，只是变个顺序组成了新词。”

“哦，我明白了！”奥利说。

“不，eyes see！[2]”伊兹玩笑道。

卡特的目光越过瑞德利的肩膀看向打开的笔记本。“所以，‘一只芥末热狗’（one hot dog with mustard）的同字母异序词是什么？”

六人挤在帐篷之间，仔细推敲着腹语表演者的日记。瑞德

---

① 上文同字母异序词的英文为 anagrama，伊兹在此故意打岔，将这个词拆分为 gramma 和 Ana。——译者注

② 与 I see（我明白了）发音很像，此处的 eyes 呼应上文瑞德利讲解的句子。——译者注

利在自己的本子上写下几种可能的答案，大多数都很荒唐：

Throw out something, Dad.（扔些东西，爸爸。）

Diamonds thought tower.（钻石想起了塔楼。）

Editor, shut down Gotham.（剪辑师，关闭哥谭。）

不过后来，大家发现了许多像名字一样的组合，许多许多名字：

Seth Dartmouth Wooding（塞斯·达特茅斯·伍汀）

Hedwiga Toots Thurmond（海德薇格·都茨·瑟蒙德）

Howard Hutting Modesto（霍华德·赫蒂·默德斯托）

显然，组合还会有许多许多种。“这些名字之间可能有什么联系，”瑞德利说，“前提是我们想到了正确的组合。不过，我越写越觉得希望渺茫。”

“那可不妙，”奥利说，“我倒真想见见这个海德薇格·都茨·瑟蒙德。”

“我打赌她是位法官。”伊兹说。

“没准儿是个抢银行的。”奥利说。

“也可能是个专业的长号手！”伊兹说，“嘟——嘟——嘟！”

“那可不是长号的声音。长号的声音是：呜啊——呜啊——”

这一刻想到悲伤的长号的声音也不失恰当，因为就在这时，希奥听到文德尔·韦斯珀斯的声音就在附近。“不知道丢哪儿去了，”孩子们看不到他在跟谁说话，“一分钟前还在我口袋里，一晃就不见了！”大家寻声转头望去，看见他在问一个保安。

大家都僵住了。保安指向他们这边时，他们更加紧张得动弹不得。

“去那边吧，”保安说，“就能找到你要的东西。”

“跟我来！”瑞德利滚动轮椅沿摊档间的小路向前行去。

伙伴们只好跟在她身后，一个个跌跌撞撞忙不迭闪避开路上的泥坑。跑到摊档尽头，一道高高的铁网围栏挡在前面，于是他们掉转方向向左转，而后继续向前跑去。

希奥想象着腹语表演者抓到自己的情景——一手揪住他的衣领，将他扔到地上。我的本子哪儿去了?！那人将如是问。希奥回头看去，只见文德尔长长的影子从他们刚刚藏身的地方探出来。“快过来！”希奥招呼大家跟他藏到一个小棚子后面。

那里恰好有一处空间够他们六个人藏身。

“我们得想办法出去，”瑞德利悄悄说，“藏在这里被韦斯珀斯发现了怎么办？”

“闭上你的乌鸦嘴吧。”卡特喃喃道。

大家都跑得上气不接下气，卡特的脸煞白。

“你说什么？”瑞德利质问道。

“我什么都没说。”卡特答道，苍白的皮肤泛着粉粉的红。

“那是谁说的？”

“不知道，不是我！”

“你就是嫉妒我，因为我是这里唯一一个脑子灵活的，”瑞德利说，“这样的情况韦伦先生提醒过我们。”

“他还告诉我们要团结一心。”莉娜提醒道，“我们得齐心协力。”

“嘘！”希奥示意大家不要出声。棚子另一头传来脚步声。

“你好，”腹语表演者说，“不知能否帮我个忙？”

希奥的心咯噔一下。

这时，有人说：“当然了，先生。您有什么事？”

“这是失物招领处，”文德尔说，“对吗？”

失物招领处！刚刚保安指给文德尔的并不是他们——而是这个棚子。

机会来了，希奥想道，这是归还笔记本的绝佳时机。瑞德利已经抄下了所有需要记下的东西。可是，他要怎么做呢？

希奥从底下掀起棚子的帆布，透过下面的缝隙，他看到文德尔·韦斯珀斯身前的桌子下摞着几个木箱，就从口袋里取出琴弓把笔记本从瑞德利腿上拿走。

“嘿！”瑞德利小声制止道，但希奥没理会她。没时间争论了。

“你说丢了笔记本？”棚子里的少年问道，一边弯下腰在木箱里来回翻找，“可以告诉我是什么样的本子吗？”

文德尔·韦斯珀斯没好气地说：“啊，就是一个……一个本子啊！你还要知道什么？”

“我们需要转移他们的注意力。”希奥小声说。

奥利举起自己和姐姐的手。“准备完毕，乐意效劳，随时出发。”

“快点儿，”希奥说，“不能让别人发现我们。”

“没问题，老板。”伊兹说。她拉住弟弟的手腕，一同从藏身处跳了出去。

很快便传来两人撞到一起的声音，不知是谁嗷的一声喊了出来。

“我的天哪，”文德尔说，“你们俩没事吧？”

希奥趴在帆布缝儿下面，看不清双胞胎姐弟在做什么，可这样的插曲正是他想要的。现在，甚至连失物招领处的少年也被吸引了过来。

希奥钻在帆布下面挥着琴弓，腹语表演者的笔记本便飞过落满灰尘的地板。接着他手腕一抖，笔记本从地板上跳起来正好落进木箱里。希奥忍不住想要欢呼起来，不过还是压制住了这种冲动，那感觉就像是他刚刚赢了某种奇怪的狂欢节游戏。接着他身形一动，迅速从棚子的帆布下闪了出来。

“对不起，”他听到伊兹说，“我弟弟太笨了。”

“以此为荣！”奥利答道。

希奥稍稍松了口气，听起来双胞胎已经蹦蹦跳跳脱身了，只留下文德尔和那个少年待在原地摸不着头脑。

★ ★ ★

他们跟着文德尔·韦斯珀斯——他已经把笔记本放回了口袋—— 一路保持距离来到镇中心。他每跟一个人说话，瑞德利都把细节记在本子上：一个戴棕色浅顶软呢帽的绅士；一个推着放满衣物的婴儿车的年轻女士；一对穿牛仔工装裤的情侣。人人手里都拿着达令·丹尼尔。腹语表演者摇一摇玩偶的手，假装被一个无形的蜂鸣器遥控了一般，逗得大家哈哈大笑。

“太多玩偶了，”卡特说，“我们不可能全部集齐。”

“感觉我们一直在做无用功。”瑞德利沮丧地说。

“也许我们该制订个新计划。”莉娜提议。

“比如说……”奥利问。

“我知道！”伊兹说，“侧手翻！”她演示了一下。

莉娜摇摇头。“我在想要不要给《矿泉镇公报》写匿名信，让媒体曝光玩偶里的发射装置。”

“可即便是匿名的，韦斯珀斯和卡拉根还是会知道他们被盯上了。”瑞德利说。

大家都不说话了，直到腹语表演者跳进理发店外的出租车——瑞德利把这个也记在了她的本子上——希奥才开口打破沉默。“我们要不要讨论下刚才发生的事情？”他一边问，一边带大家朝魔术商店走去。

“刚才发生了什么事？”奥利抚着额头。

“躲在失物招领处后面的时候，”希奥继续道，“卡特对瑞德利很不友善。”

“我没有！”卡特反驳道，“我知道你听见我说：闭上你的乌鸦嘴。我也听到了。但是我发誓绝对不是我说的。”

“我信你。”莉娜说，“这个礼拜已经好几次了，有人在模仿我们说话。文德尔那时就在棚子里，又是他干的。”

瑞德利依旧怒气冲冲，不过也有些动摇起来。

“即便是真的，也不该是我们讨论的话题，”希奥严肃地看了看瑞德利，“瑞德利的回答才是让我紧张的。”

“我说了什么？”

“你就是嫉妒我，因为我是这里唯一一个脑子灵活的。”卡特重复道。瑞德利的脸唰地红了，眉头更加紧锁。

“我们就不能友善点儿吗？”莉娜问。

“是啊。”卡特说，“如果我们自己起了内讧，就没办法集中精力查清文德尔在做的事了。”

“文德尔在做什么？”瑞德利问。

“让我们互相猜忌！”卡特提高了嗓门儿，“你看不到我们都被骗了吗？”

“不对，”瑞德利打开笔记本说，“他的计划没那么简单。我们目前搜集到的所有证据——”

“什么证据？”希奥问，“我们看到的他的食物日记，也许有用，也许没用。我倾向于认为那本日记没什么特殊含义。”

瑞德利不解地睁大了眼睛。“刚刚我们看到他到处跟镇里的人聊天。他们可能是他的同伙。”

“也可能只是喜欢他表演的普通人，”莉娜说，“他们手里都有玩偶。”

瑞德利摇摇头。“所以，你认为文德尔·韦斯珀斯没有跟卡拉根合谋？”

“我不是那个意思。”莉娜说，“只是从目前来讲，他一直在离间我们的关系，也许只要我们不那么注意他，情况会更好一些。”

“我不想冒那个风险，你们呢？”

大家都沉默了下来。

“我同意莉娜的看法。”卡特说，“我认为我们应该冷静一段时间，至少等到韦伦先生回来。”

希奥脑袋里一阵眩晕。现实一点儿也不公平。他们本该像别的孩子一样享受暑假生活，不必担心什么坏蛋可能会毁掉他们热爱的小镇。

“你们知道吗？”瑞德利不耐烦地说，“我好累，我想回家了。”

卡特和莉娜担忧地互相交换了个眼神。

“如果你想回家，”莉娜说，“我们理解。”

“我们是谁？”瑞德利问，“好像你们合起伙来针对我。”

“我们没有！”伊兹说。

“我们从没合过伙，”奥利说，“就只散过伙。”

“我们回去吃午饭吧，或许之后就会好点儿。”希奥说，“稍后再谈好不好？”

“好。”瑞德利说，“希奥，我们走！”

希奥犹豫了。“我……我想现在一个人待会儿。”他看了看伙伴们，判断着自己的回答是不是太残忍。他们只是用同情的目光看着他。

“行，”瑞德利漠然说，“奥利，伊兹，你们要一起吗？”

“好！”伊兹欢呼道，“我一直想看看你住的地方。”

“带路吧！”奥利说。二人都没注意到他们的热情令在场的其他人尴尬不已。

瑞德利朝街角走去。最后转身的一刻，她怒气冲冲地瞪了一眼她的朋友们。

不，不是她的朋友们，希奥想，是我。

第16章

“你还好吧？”卡特问希奥。

“还行。我就是讨厌这样的瑞德利。”

“我理解。”卡特说，“我刚到矿泉镇的时候，觉得她非常讨厌我。”

“瑞德利谁也不讨厌，”莉娜说，“她就是还没想通。我们也是。”

“欢迎你来魔术商店吃点儿东西。”卡特对希奥说，“我们可以一起喂多多，带它去凉亭。它喜欢看松鼠。”

希奥看向韦伦魔术商店暗暗的窗口，虽然能看到一排排书架，装魔术小玩意儿的瓶瓶罐罐，大礼帽也在里面漫无目的地蹦蹦跳跳，可商店似乎少了往日的光辉。韦伦先生不在，商店的心仿佛都停跳了。

“谢谢你，”希奥说，“不过我想自己待会儿。下次吧。”

“随时约我们，”莉娜说，“不用等到下雨哟。[①]”

希奥微微回以微笑，朝相反方向疲惫地拖着脚步离开了。

他不想回家。家人不会理解他的心情。他也不愿和朋友多待哪怕一分钟，那样心中的怒气会急剧膨胀，像巨大的热气球一样。他想到了一个可以说说话的人，她家离这里有几个街区远。

乐器店的灯亮着，希奥推开门。想到要见艾米莉，他的心咚咚跳个不停。（啊，亲爱的读者们，世间还有比要去见一个让你的心怦怦跳的人更有魔力的事吗？嗯——那……哦亲爱的，我的脸都红了，请原谅我。）

希奥环顾乐器店，里面没人，不过从后面传来轻柔的音乐。他来到后面，从微微张开的门缝里向里窥望。

米克·墨里迪让趴在工作台上，背对希奥。角落里的留声机旋转着，放着小步舞曲，不时夹杂着唱片刮擦的声音。米克随音乐摆动着身体，摆弄着工作台上一个奇特的装置。

希奥注意到米克后脖颈上长了个自己从未见过的东西，它粉色发皱、表皮粗糙，从米克的衣领处露出来，一直延伸到左耳边。像是道疤痕。

希奥碰到了虚掩的门，发出微弱的吱呀声，米克·墨里迪

---

① 上文中“下次吧”英文为 a rain check，此处莉娜借用 rain 的字面意思开了个玩笑。——译者注

让从椅子上转过身来。“谁在门口？”他喊道。

“希奥·斯坦因·迈尔。”希奥透过门缝回答，“对不起，我以为乐器店还在营业。”

“希奥！”米克站起身，几乎是小跑着来到他身边，“欢迎，欢迎。当然在营业。今天没什么事，我就想着到后面干些细致活儿。”他指了指工作台上方钉在墙上的架子，上面摆着五六个奇特的小玩意儿。“节拍器。”他解释道，“这是我的一个小爱好。”

希奥认识节拍器，他家客厅钢琴上就有一个。一根金属杆支在木质基台上，来回摆动，帮助演奏者掌控节奏。嘀……嗒……嘀……嗒……上下调节金属杆上的金属块，即重力摆锤，就可以减慢或加速节奏。

米克·墨里迪让的节拍器跟希奥见过的都不一样。每件都有不同形状的重力摆锤，像手链上的挂坠一样，有手指形的、棒棒糖形的、新月形的、美钞背面带眼睛的金字塔形的，还有红艳艳苹果形的、紫红色心形的。“都是您做的？”希奥问。米克点点头。“真了不起！”

“谢谢你。”米克微笑道，“现在让我猜猜你为什么来乐器店。可是不巧，我女儿不在，她到游乐场的热气球节玩去了。”

希奥不禁露出失望的神情，说：“我刚从那儿回来。”

“居然没碰到艾米莉？她说她到那儿去找你们的。”

“当真？”希奥心里一暖，“大概我们恰好错过了。”

“我们？”

“我跟几个朋友一起从魔术商店出发去的那里。”

“啊，魔术商店！”米克的目光深邃起来，他似乎记起了什么事情，“韦伦先生怎么样了？”

“说实话，他还没回来。嗯，出差去了。”这么说着，希奥觉得怪怪的，感觉自己在说谎一样。

米克抿了抿嘴，试探地说：“不过肯定出了什么事，我感觉得出来。或许不是韦伦先生……而是你的朋友们？”希奥什么都没说，只垂下了脑袋。

“维护一段亲密友情要付出很多，跟对待年代久远的乐器一样，不能太过用力，因为万事万物都难逃面临腐坏崩塌的

风险。”

希奥胸口一紧。他开始慢慢地倾诉自己的故事。他讲了假日酒店腹语表演者的事，讲大家担心文德尔隐藏阴谋，不过没讲细节部分。他讲了瑞德利，讲她有多难相处。最后，他犹豫一下，还是提起了自己和朋友们在镇里听到的各种被模仿的声音——腹语表演者企图用他的声音，离间非凡魔术团。希奥隐瞒了无线电发射装置的事，担心如果瑞德利知道了，她会不开心。

“我不太相信有哪个人能让一群亲密的朋友起冲突，”米克说，“你们从一开始就存在矛盾。”他用手指敲着桌面，“你们是不是相互嫉妒？”

“嫉妒？”希奥回道，“我以前觉得不可能，直到今年夏天，直到才艺秀，我觉得是。”

“也许暂停才艺秀排练，不要相互勉强，可能会好一点儿。休息一段时间吧，时间可以修复深痛的伤口。”

“大概吧。”希奥说。他想到了自己的哥哥姐姐，平时大家都住得很远。这样每年相聚一周就感觉很好，可这需要时间和努力才能达成。“我会考虑的。”

“希望如此，”米克说，“音乐是最好的治愈良药。”

“是！”希奥答道，“哥哥姐姐们和我最近在后院练习爵士乐，很有意思。”

“真好！”米克站了起来，“跟你说吧，我有些东西给你看。”他招手示意希奥跟自己走进后面的屋子，指着工作台上方的架子说，“挑一个吧。”

希奥的心一咯噔，问：“您要送我节拍器？”

“放这里也只是摆设。挑一个吧，下次你们即兴演奏的时候可以用。这是送给你的礼物，感谢你对艾米莉那么友好。”

希奥的目光从架子上一个个节拍器上掠过，最右边的一个攫住了他的眼球。这个节拍器有个心形的摆锤，艾米莉的脸庞跃入他的脑海，他情不自禁地说：“那个很漂亮。”

★ ★ ★

几天后，电话铃吵醒了睡梦中的希奥。妈妈敲了敲他的房门，推开一条小缝。“是我的电话？”他烦躁地问。

“是一个名叫……”妈妈低头看了看手上的小纸片，“奥利尼希？”她看起来有些困惑，“他们坚持让我叫醒你。没什么事吧？”

希奥叹了口气，穿上拖鞋。“等会儿就知道了。”

希奥来到楼上走廊的电话旁，拿起听筒问：“奥利？伊兹？什么事？”

双胞胎争先恐后地抢着说话，不过希奥还是听出了主要情况：假日酒店有紧急情况，需要他马上去一趟。

希奥到达古登家的套房时，非凡魔术团其他成员早已等在那里了。卡特和莉娜搭魔厨韦伦先生的便车来的。意外的是，瑞德利前一天晚上跟双胞胎住在一起。

“谢天谢地，你总算到了。”希奥走进来时，瑞德利说。客厅里的家具都在原位——古登一家今天早晨没有练习跳舞。“我们终于可以开始了。”瑞德利转身面向在客厅里各个角落歇息的其他人，“我提议马上召开非凡魔术团大会！”

“第二个同意！”莉娜说。

“第三个同意！”奥利和伊兹异口同声说。“倒霉！”他们又齐声喊道，“双倍倒霉！”接着，两人又齐声大喊，“三倍——”

“发生什么事了？”希奥打断道，“奥利，伊兹，对不起。有人受伤了？”

“还没有，”瑞德利答道，“谢天谢地。”她摸索着从轮椅背后拿出一个巨大的纸卷。希奥认出来，这是文德尔·韦斯珀斯宣传腹语表演的海报。“但如果我们什么都不做，就会有。”

希奥、卡特和莉娜向前探出身体，奥利和伊兹似乎早就知道事情的来龙去脉，守在瑞德利轮椅的两侧以示支持。

瑞德利把海报递给双胞胎，让他们举起来展示给大家看。瑞德利指着海报最下面的一行小字说：“我不时地想起那天我们讨论的内容——同字母异序词。”

希奥皮肤上泛起一层寒意。他很享受远离文德尔·韦斯珀斯和卡拉根的这几天，想到秘事就在眼前，即将成为生活的中心，他心神不定起来。

莉娜大声读了出来：“很多很多会模仿人发声的玩偶。

(Bagful's Metric Mimics Productions.)"

瑞德利掏出笔记本打开，希奥看到纸页上密密麻麻写满了字。“今天早上醒来，这几个单词一直在我脑袋里飞速盘旋。它们看似没什么意思，可其实不然。我试了这些字母，一遍一遍重新排序，看我发现了什么。”

她把手指点在纸张上。

纸页最下面写着：解散非凡魔术团（Magic Misfits crumble）。

希奥僵在原地，双手捂住嘴巴。他看向瑞德利，等着她露出满足得意的笑容，因为她原先对腹语表演者的判断是正确的。然而，她跟其他成员一样神情骇然。

“天哪。”卡特低声道。

“这不可能只是巧合。”莉娜摇摇头说。

“我们要正面出击，”瑞德利坚定地说，“就今天！”

“我们已经知道他住哪儿了，”伊兹说，“现在就出发。”

“太危险了。”卡特说。

“我们应该告诉古登先生和古登太太。”希奥望向门那边的厨房，可家里静悄悄的。

“妈妈和爸爸早些时候给客人上课去了。”奥利解释道。

“那就等他们回来吧，”希奥说，“我认为不应该不打招呼就行动。”

“去找迪恩怎么样？”伊兹问，“说不定他能再帮我们一次。”

瑞德利翻了个白眼。“帮我们干吗？搬行李？”

“我魔厨爸爸在楼下厨房。”莉娜提议。

“我们跟他说什么呢？”瑞德利问。

希奥又看了眼海报。达令·丹尼尔巨大的玻璃眼睛正盯着他，仿佛看穿了他的心思。

“全部，”希奥回答说，“全部告诉他。”

★ ★ ★

餐厅旁的会客室里，非凡魔术团成员聚集在角落里一株茂盛盆栽掩映的沙发上。他们压低声音向魔厨韦伦先生解释目前的困境。等到大家说完，魔厨说：“情况糟糕。确确实实很糟糕。”

希奥咬紧了牙关。他本来期待魔厨韦伦先生会说些宽慰的话，比如，一定有别的解释，或一切由我来处理，不要担心啦！然而，他只是枯坐在那里，咬着嘴唇。

“我得和丹特讨论讨论。”魔厨韦伦先生顾自说。

“韦伦先生跟你们交代过他的情况吗？”希奥问。

卡特和莉娜一起摇了摇头。

“可爸爸说没关系，”莉娜补充道，“他能搞得定。”

“一定能！”虽然脸上写满了担忧，魔厨韦伦先生仍肯定道，“不过我们今天需要跟这个叫韦斯珀斯的家伙谈谈。越快越好。”

“我们不能去他房间，”希奥提议，“要在公开场合谈。公众场合里他不敢对我们下手。”不敢逼我们解散，他想着。

“完全正确，希奥，”魔厨韦伦先生说，“让他过来找我们。”

“怎么找？”奥利问。

“去哪儿找？”伊兹问。

“什么时候？”

“都有谁去？”

“我们在说正经事。”瑞德利厉声道。双胞胎捂着嘴退后，仿佛走出了聚光灯下一样。

魔厨韦伦先生紧张地咬着腮帮子。“前台有电话。大堂人来人往。让他到这儿来易如烤蛋糕。”他连忙跑进厨房，回来时手里拿着一根沾了一层面粉的粗擀面杖。

“烤蛋糕很容易？”奥利问。

“尽在掌握中。”魔厨韦伦先生气势汹汹地挥舞擀面杖指向大堂的方向，“现在……我们一起出发吧！”

第17章

雕塑熊从大堂楼梯上方茫然俯视着他们。今天它穿了件草裙，头戴椰子帽，这副打扮差点儿让希奥笑了出来。希奥的心一直悬着，他又想起了那张让人心里发毛的海报。为什么有人要针对非凡魔术团？他们只是一群爱热闹、喜欢魔术、为大家带来欢笑的小孩儿呀！

“卡特和我给《公报》写了匿名信，”莉娜悄悄说，“说明了玩偶里藏有发射器。今天早晨放邮筒里寄出去了。”

瑞德利点点头：“这样做是对的。”

“我害怕。”奥利说，“如果腹语表演者伤害我们怎么办？”

“我饿了。”伊兹说，“如果厨房没有柠檬小方蛋糕怎么办？”

双胞胎的打趣恰如其分地活跃了气氛，让希奥放松下来。非凡魔术团的成员们眼睛一眨不眨地盯着前台边的电梯门，等待韦斯珀斯先生出现。

几分钟后，身后传来声音：“我认得你们！”

转过身，希奥发现文德尔·韦斯珀斯就站在他们身后。他像抱孩子一样把真正的达令·丹尼尔玩偶轻轻抱在怀里，两“人”同时瞪着他们。

文德尔没有乘电梯来大堂！韦伦先生的忠告闪过希奥的脑海：魔术师必须万事思虑周全，并做好所有应对预案。这次他们着实是辜负了韦伦先生的叮嘱了。

达令·丹尼尔环视一圈，仿佛要把他们一个个都记住。“怎么啦？”它尖声尖气地叫喊，“舌头被猫抓啦？”

“昨天你们两个跟我坐了同一个热气球。”文德尔说。他看向希奥和莉娜，两人的脸涨得通红。希奥后退，身体紧贴双人沙发，等着文德尔或是那个玩偶伸出手来扼住自己。然而文德尔只笑了笑，说：“难道不有趣吗？”

“那里风景很美。”莉娜答道，声音不觉尖细起来。

“我正打算今天再去一趟。”腹语表演者说。

玩偶补充说：“今天轮到我坐气球飞天了。”

几位客人注意到了腹语表演者，慢慢地在周围聚拢起来，其中几人手里还拿着达令·丹尼尔的复制品。

“对不起，昨天把你留在家里了，”文德尔对玩偶说，

“不过是你一直说自己身体不舒服的。”

“那是因为我早餐不想吃流食！”

“说了谎，就要承担后果。”文德尔对玩偶说，声音很轻，却像是故意说给希奥他们听似的。接着他看向非凡魔术团，又露出笑容来。

这次，希奥无比确定这个笑容绝不是友好的笑。他看向前台，魔厨韦伦先生正和接待员聊得热火朝天。突然，瑞德利行到腹语表演者旁边。

“你可以不用伪装了，韦斯珀斯先生。”她简短地说。

文德尔似乎有些手足无措。“怎么了？”他说，一时乱了阵脚。他正要绕到瑞德利身后，瑞德利却马上掉转轮椅阻止了他，几乎碾到了他的脚趾。“哇哦，”文德尔说，“离得太近了，你不觉得吗？”

“我们知道你背后是谁，”瑞德利继续道，“也知道你们两个计划了什么。”

“瑞德利！”莉娜急忙小声提醒她。

然而瑞德利没有住口。“所以，你现在不用装了。我们会寸步不离地跟着你，直到你打包好你的行李滚出矿泉镇。”

文德尔站直了身子，苍白的脸变成了和前门边大花瓶里的红玫瑰一样的颜色。“你以为自己在跟谁说话呢，这位年轻的女士？”

瑞德利深吸了口气，仿佛做好了进攻的准备。

“瑞德利，等等！”希奥说，“魔厨韦伦先生会帮我们的。”他跑向前台，身后伙伴们与文德尔的对峙还在继续。“文德尔·韦斯珀斯来了！”他大喊着，一个趔趄停住了脚步。

魔厨韦伦先生转过身，而后飞奔向大堂那头，擀面杖上的面粉簌簌抖落下来，仿佛蒸汽机喷出的烟雾一般。希奥急急跟在他身后。

这会儿，奥利和伊兹正展开海报，瑞德利打开笔记本，把她推导出来的结果拿给腹语表演者看。他皱起眉头，嘴巴张成了“O”形。

“这跟我没关系，”他说，“海报肯定是酒店工作人员用

我和达令的旧照片设计的。”

“你好，韦斯珀斯先生。”魔厨韦伦先生打断道，“我是酒店的厨师，是我打电话请你来大堂的。我女儿和她的朋友们今年夏天遇到些难事，所以希望你能回答我们几个问题。”

文德尔转了转眼珠。“我向你保证，先生，这位女士在我演出的海报上发现的隐秘信息跟我没有半点儿关系。解散非凡魔术团？我连非凡魔术团是什么都不知道！”

“我们就是非凡魔术团。”卡特看着朋友们说，“我们喜欢魔术。”他打了个响指，一副扑克牌出现在他的手上。他摊开纸牌，现出同花牌和大小王。莉娜的手搭在卡特的肩膀上，他更是站得笔挺。“我们就是非凡魔术团。”说着他重新把牌归拢为一摞，“你说的话我们一个字也不信。”当他再次摊开牌时，所有牌面都变成了白板。

“我不知道该说什么。”文德尔满不在乎地说，“经理在哪儿？也许他能帮助你们吧。”

“不必打扰阿诺德先生。”魔厨韦伦先生说，“我刚说过，您只需要回答几个问题就行。”他看了看孩子们，“不过大家都需要冷静一下。我们可以坐下谈吗？”接着他发出嘘声，让聚在一旁的好奇客人散开。

文德尔·韦斯珀斯又转了转眼睛，他把玩偶放好，而后坐在一旁的双人沙发上。他叹了口气说：“有人能告诉我究竟怎么回事吗？”

莉娜开口说：“今年夏天早些时候，度假区举办魔术展期间，一个叫波·波·波索的人企图偷盗展览的大钻石，朋友们和我一起阻止了他的行动。”希奥期待从文德尔眼里看出一丝了然，然而他却只是怒视着非凡魔术团。“波索妄图把这件事嫁祸给我在镇上开魔术商店的韦伦老爸。波索和我爸打小就认识，他们像我们一样同在一个魔术俱乐部，它的名字叫绿宝石戒指俱乐部。”

“你早就知道这些事。”瑞德利说。

“不必屈尊告诉我我知道什么。”文德尔怒道。

“几个星期前，绿宝石戒指俱乐部的另一个成员来到镇里，”莉娜继续说，“她就是桑德拉·桑托斯，也就是埃斯梅拉达女士。她来到巨橡园假日酒店演出，而后就和她的同伙一起闯进韦伦爸爸的魔术商店，企图偷走一本重要的账簿。”

“我慢慢有点儿头绪了。”文德尔说，尽管此刻他的厌烦仍多于好奇，“可是我保证，我跟你们一直说的那个魔术商店没有任何关系，还有那个年代久远的俱乐部。我不研究魔术，我是个腹语表演者！”

“那就说到点上了，”卡特说，“我们知道你就是绿宝石戒指俱乐部的成员。我们亲耳听到你说你来过矿泉镇，在很久以前。我们还有一张你当时跟俱乐部成员一起拍的照片。”他快速打开书包，抽出那张年代久远的装在相框里的照片。“你甚至有一个一样的玩偶！”

“逮个正着。”瑞德利低吼道。

“十几年前我定制了这个玩偶，”文德尔解释说，“跟世界上成百上千有抱负的腹语表演者一样。这个样子的玩偶太多了，照片里那男孩的玩偶肯定跟我的这个出自同一家公司。”

“可这个男孩长得很像你！”希奥毫不相信。

“任何一个称职的魔术师都该知道外表只是幻象。”文德尔嗤之以鼻，“在这个国家里，你觉得有多少人跟照片里的这个男孩剪同样的发型、戴同样的眼镜？几千个？”

“可只有你出现在这里了，”瑞德利说，“在矿泉镇。拿着同样的玩偶。这样的概率很大吗？”

文德尔叹了口气。“概率很小，我承认。可是你们就没注意到我是被别人邀请才来的吗！如果你们怀疑我，你们就该看看是谁组织了这场演出。”

魔厨韦伦先生眨了眨眼说：“这是个好主意。”

“还有，”文德尔继续道，“我可以向你们证明，我不是照片上的男孩。”他摘掉眼镜，身体倾向非凡魔术团成员，“看我的眼睛。”

“不要看！”奥利大喊着，迅速一跃，横在腹语表演者和他的朋友们中间。

文德尔差点儿从沙发上摔下去。“我不是催眠师！”他喊道，“我只是让你们看看我眼睛的颜色！”

“蓝色。”瑞德利说，“那又怎样？”

“浅蓝色，准确地说。”文德尔指了指那张照片，“上面的男孩是棕色眼睛。”

魔术团成员们无言以对。“他说得对，”莉娜说，“这个

男孩的眼睛是棕色的。”

“那不可能，”瑞德利说，“我们就是知道这就是你！”

“你有证据吗？”文德尔站起来问。大家答不上来。魔厨韦伦先生一时窘住了。

“你做的诡异玩偶出现在镇里各个角落，”瑞德利还击道，“就是大家手里拿的那种。”她把手伸进轮椅后面的袋子里，掏出一个玩偶来。

“再说一遍，这是酒店的宣传策略，跟我没关系。”文德尔说，“说实话，我从没见过像你们这样想象力天马行空的孩子。”

瑞德利打开轮椅扶手上的夹层，取出一把长长的螺丝刀。“如果只是宣传，为什么里面有这个？”她拿起螺丝刀，正对玩偶前额正中央划下，只见一个小小的电子装置滚到瑞德利腿上，装置侧面的灯还在闪着。

“那是什么？”文德尔说，他红润的面颊苍白起来。

“无线电发射装置。”卡特严肃地说。

瑞德利得意地看着腹语表演者。“你不是无辜的，韦斯珀斯先生。”她举起发射装置，上面仍有一根电线连在玩偶上。她拉了拉玩偶背后的绳结，它说道：“现在来看我吧！”灯闪得更亮了，仿佛拉拽绳结能给它充电一样。“你用这些玩偶监听我们，”瑞德利压低声音说，“监视整座矿泉镇。”

第18章

“承认吧，”瑞德利继续道，“你在给卡拉根做事！”

“卡拉根？”文德尔回道，“卡拉根是谁？”

卡特指了指照片角落处模糊的人影。“这就是卡拉根。只是现在他是成人了。波·波·波索和桑德拉·桑托斯都是他的手下。”

“他是个催眠师，为了自己的利益不惜控制他人。”莉娜说。

“他是个骗子，”瑞德利说，“彻头彻尾的骗子。”

“危险的骗子。”希奥补充道。

奥利和伊兹举起双拳，像比赛前的拳击手一样挥舞着。“那些坏蛋在魔术商店搞袭击，我们不得不打败他们。”

文德尔的眼里掠过一丝奇怪的神情。“你们没开玩笑吧。”他喃喃道。他拿起玩偶里的电子装置仔细检查，而后猛地拽断了连接着的电线。指示灯灭了。“我不允许任何人不经我同意监听我。”他平静地说着，接着打量了一下大堂，仿佛卡拉根就在一旁监听。希奥觉得他此刻流露出的害怕完全合理。“事实上，我也被这整件事吓得不轻。”文德尔捡起玩偶，挂在自己肩膀上。“请原谅，”他对魔厨韦伦先生说，“我不能再在这儿待下去了。”

“什么意思？”魔厨韦伦先生问，“今晚你不是还有演出吗？”

“听完你们说的这些，不去了。”他打了个寒战，“也许你们会觉得我太夸张了，竟然要离开，但是我不想让自己成为一场游戏里的马前卒。酒店里有人陷害我。”文德尔·韦斯珀斯起身快速走向电梯。魔术团成员们静静地看着他身后的电梯门关上，看着他肩上玩偶的玻璃眼睛四顾茫然。

“现在怎么办？”卡特问。

莉娜敲了敲自己的下巴。“照文德尔的意思，似乎作案的是酒店里的人。也有可能是张贴海报的人插入了同字母异序词。达令·丹尼尔是酒店的宣传策略，我们需要从他们手里搜集剩下的玩偶。”她指了指酒店里的客人。“《公报》不会对我们的信展开调查，除非——”

“大家会无动于衷，”魔厨韦伦先生说，“除非我找阿诺德先生谈话。他应当知道所有参与制作海报和玩偶的员工。”

“你确定那样做安全吗？”莉娜握住魔厨爸爸的手问，“万一阿诺德先生就是幕后之人怎么办？”

魔厨韦伦先生举起擀面杖。“我准备好了。”他咧嘴笑着，说完便大步朝经理办公室走去。

希奥站了起来，来回踱步。“我一直在想如果我们遵从韦伦先生的建议会怎样，如果我们考虑过所有的方法、所有的后果，可能就不是现在的情形了。先前我就让大家考虑一下，万一文德尔·韦斯珀斯不是绿宝石戒指俱乐部成员怎么办，还记得吗？”

大家谁都没说话。

“我们别再吵了。”莉娜说。

“那么我们如何才能为自己创造一次机会？”卡特问，“我们可以再努力一次。”

瑞德利的轮椅向前滑了几步远。“我建议把所有细节都写下来：所有牵涉其中的人；所有可能发生的事；所有摆脱危险的方法；所有我们无法预料的事。”

“我们怎么预料无法预料的事？”卡特问。

“你听说过有件事情叫用脑子吗？”瑞德利语带讥讽。

“这么说话不好，瑞德利。”莉娜嗔怪道。

“没时间和颜悦色地说话了！坏事就要来了，它可不会停下来等我们相处融洽了再来。我们要思考！我们要战斗！”

“但不是我们内部的讥讽、战斗。”莉娜说。

“好了！”卡特大喊道，他拿来了瑞德利的笔记本和笔，

“那我们就用你的脑子吧。”

“不只是我的脑子，”瑞德利似乎也意识到自己有些过分了，“大家都要思考起来。”

“我计划用伊兹的脑子。”奥利说。

伊兹不出意外地回道：“我计划用——”

希奥没再听下去，不只是因为他厌烦了争吵，还因为瑞德利轮椅附近地板上的东西引起了他的注意。那是从划开的玩偶上掉下的碎片，一块似曾相识的金属片。

他弯下腰，按照卡特教的方法把它藏于掌中。希奥感觉自己的喉咙哽住了，透不过气来。

你们明白了吧，亲爱的读者，希奥知道他在地板上找到的东西就是非凡魔术团要追踪的答案。这条线索将指引他们揭开谜团。

然而，他却无法把这信息与大家分享。

第19章

希奥告诉朋友们他必须得回家了。

一出酒店，他就以前所未有的速度沿着回镇上蜿蜒曲折的路跑了下去。他一只手紧紧护住西服口袋，确保自己一直能感觉到金属片装在里面。

腹语表演者因为担忧可以打包行李离开，那非凡魔术团该怎么办？矿泉镇是他们的避风港，是他们安身立命之处，是他们的家园。而如今，他们的家园正在狂欢中迷失自己。

希奥在乐器店外的人行道上猛然停下脚步，平复气息。乐器店的门突然朝里荡开，他惊呼出声，几乎跌跌撞撞走下马路。艾米莉从里面走出来，满脸关切。“希奥，你还好吗？怎么出这么多汗？你一路跑到这里的，还是要去哪里？”

“可以进去吗？我给你看样儿东西。”

艾米莉侧了侧头，走进店里，示意他到乐器店最里面的凳子上坐下。她给希奥倒了杯柠檬水，希奥感激地咕咚咕咚大口喝下。下午的阳光透过玻璃窗斜斜地照射进来，虽然希奥为将要发生的事担忧，但与艾米莉同处这个美丽的地方，他还是感受到了一种无法言说的魔力。

（朋友们，我必须打断一下，这里说的“魔力”跟非凡魔术团表演魔术的魔力不同。有时“魔力”描述的是一种感觉，可能是对某个地方、某样儿物件，甚至一段记忆，可能是好的，也可能是坏的。在这里，这种感觉的产生是因为一个人。如果你还没体会过这种感觉，我打赌很快就会有的。）

“你父亲呢？”希奥终于不再气喘吁吁。

“出去办事了，大概过会儿就回来。”

两人再没说话，房间里只有节拍器的声音：嘀……嗒……嘀……嗒……嘀……嗒。

这声音仿佛在不停催促，希奥真想冲它大吼大叫。他想让这样的平静再多维持哪怕几秒钟。

“是腹语表演者的事？你们发现他在矿泉镇的阴谋了吗？”

希奥深吸了一口气，把金属片放在两人之间的柜台上。“你见过这种零件吗？”这块不起眼的东西像是装在弹簧上的齿轮。

艾米莉呆住了，过了一会儿她才回答：“你从哪儿拿到的？”

希奥把上午发生的事情原原本本讲了一遍，艾米莉沉默了

片刻。“这些跟这个金属片有什么关系？”

“我只在一个地方见过它，”他答道，“你父亲的工作室里。那天我们聊了会儿天，我看见他正在制作节拍器，用的就是这种零件。”

“这是可移动部位常见的零件。玩偶的头部难道会转动？”

“并不那么常见。”

艾米莉咬着嘴唇，说：“所以……”

希奥咽了口唾沫，虽然刚喝了一整杯柠檬水，他的嗓子却仍干得冒烟。他怎样才能在不伤害她的前提下说出这个问题？“我在想……也许你父亲知道瑞德利划开的玩偶里面的装置是干什么用的。”

艾米莉皱了皱眉，而后朝大门点点头。“你来得真巧，希奥，他回来了。”

希奥从凳子上站了起来，看见米克·墨里迪让正艰难地提着装满水果和蔬菜的袋子走进来，忙跑上前去帮忙。“很高兴见到你，我的朋友。谢谢你！”今天的米克戴上了眼镜，又大又圆的眼镜。

“不谢。”希奥低声说，注意到了镜片后面那双大大的棕色眼睛。

棕色。

不是蓝色，文德尔·韦斯珀斯眼睛的颜色。

而是棕色。

读者朋友们，你们大概已经明白是怎么回事了。我相信，你们和希奥一样震惊。不管你们此刻感受如何，那绝对称不上是奇妙的感受，但也不可能如我们年轻的音乐家朋友那样十足地悲伤、疑惑与愤怒。

“是你！”希奥退后一步厉声道。

“我？”米克一脸茫然。

“你就是韦伦先生照片上的那个男孩，手拿玩偶的那个。”这些话不由得从希奥嘴里冒出来，虽然他知道每多说一个字都会将自己推向更危险的边缘，“你加入过绿宝石戒指俱乐部。

所有事情都是你做的？”

米克目光中闪过一丝阴影。他朝女儿飞快使了个眼色，又朝大门点点头。站在原地的艾米莉面无波澜，她穿过房间来到门口，拧下把手上的门锁，把三人锁在乐器店里。米克转过头，给希奥看那片粗糙的疤痕，就是希奥前几天注意到的一直延伸到他耳朵处的那片。

“坐下，孩子。”米克的声音出奇地温柔，“我们需要谈谈。”

“我该走了，”希奥极力掩饰自己的慌张，“我妈妈和爸爸——”

“他们会一直等你回家的。”

艾米莉低头看着自己的脚。“没事的，希奥，”她说，“我们不会伤害你。”

希奥坐在凳子上，等着艾米莉抬头看着自己的眼睛。“我不明白。你从一开始就知道你爸爸为卡拉根工作？”

艾米莉张了张嘴，却什么也没说出来。

“为卡拉根工作？”米克回应道，“哦不，希奥，你误会了。不过……是我的错。”他眼中的阴影消散了。“至于你问的问题，是，我就是韦伦照片上的男孩。我跟丹特、莱尔、桑德拉、波索都是好朋友，甚至卡拉根也是。但现在我没有为他干活儿，以前没有，以后也绝对不会。”

希奥想说些什么，可是他的喉咙哑着，一个字也说不出来。

“你不了解真相我不怪你，”米克继续道，“但请听我解释。你知道我是个手工艺人，我的工作是制作东西。”

希奥的喉头哽住了，他点点头。

“我用自己的技能制作精细的物件。你看过我最心爱的节拍器。我还没告诉你的是——除了艾米莉我谁都没说过——我为腹语表演者的节目做了那些玩偶。”

这天上午非凡魔术团提出的疑问跃回希奥的脑海，他问道：“谁让你做的？”

“乔希·阿诺德，酒店的经理，”米克答道，“我们认识很多年了。他让我做一个能安装扬声器的玩偶，他认为把这些玩偶四散到镇里各个角落，将是个不错的神秘噱头，会引发人们的讨论。”希奥看了看艾米莉，她的脸上清晰地挂着受伤的神色。“别乱猜我女儿，是我让她在节目宣传期间不要说出去的。”

“用不着了，爸爸，”艾米莉答道，“文德尔·韦斯珀斯离开矿泉镇了。希奥和他的朋友们在你做的玩偶里发现了一些东西，我知道那不是你放进去的。”

“无线电发射器。”希奥补充道。

“那……就怪了，”米克似乎疑惑不解，“我知道他们会加入带拉绳的扬声器，但装扬声器为什么会用到无线电发射器呢？”

“为了窃听。”艾米莉说。

希奥用手按住柜台。“窃听我、莉娜、卡特、瑞德利，还有双胞胎。”

“卡拉根？”米克喃喃道。

“我们认为他就在矿泉镇。”艾米莉说，“跟你担忧的一样，他会伤害他们。”她把希奥说过的话讲给父亲听——海报上的同字母异序词，威胁非凡魔术团的隐秘信息。

希奥又说起他和朋友们在镇里各处听到的声音，那些挑拨离间企图分开他们的声音。

“你们经历了这么多事，非常抱歉。”米克难过地说，捏了捏希奥的肩膀。

“也不是您的错，”希奥说，“您也不知道里面装了发射器。”

“不，其实……想让你们分开的人不是卡拉根，”米克摇摇头，“是我。”

艾米莉清了清嗓子，希奥看到泪水从她眼中涌出，她说：“还有我，也帮了忙。”

“帮了忙？”希奥问，“帮了什么忙？”

“腹语。”艾米莉低声道。

希奥只觉天旋地转，坐着的凳子似乎从地板上抬升起来，他抓住柜台一角稳住身体。“你是说……”

“你听到的那些声音。看文德尔·韦斯珀斯排练的时候，我模仿了你们的声音，说出了那些话。”

“我仔细教过她。”米克难过地说。

“非常抱歉，希奥。所以你才会在从度假区下山回家时碰到我。我刚从那里回来。文德尔排练之后我才回的家。”

“是我让她做的，”米克说，“你可以对我发火。”

可是艾米莉同意了！希奥想着，她本可以拒绝的！

“然后是热气球节，”艾米莉继续道，“我又用了腹语术，挑起卡特和瑞德利的争吵。”她抿着嘴唇，而后说，“闭上你的乌鸦嘴吧。”

这就是卡特的声音！而这句话仿佛是从米克那个方向传来的！

“为什么这样做？”希奥克制着情感问，“为什么要让我们互相争吵？为了分开我们？”

米克直视着他的脸庞。“或许你还没注意到，”他开口道，“过去几个月里，你们几个孩子吸引了人们不少的注意力。你们卷入了珠宝偷窃案，阻止了波索的阴谋，打破了桑德拉的计划。我担心你们已经引起卡拉根的注意，他会对此不悦。”

“已经引起他的注意了，”希奥说，“海报上的字就是证据。”

“确实。你们不断打击他的同伙，早就成了卡拉根的眼中钉。艾米莉和我认为，让你们逃离他视线的最好方法是终结你们的友谊。”

艾米莉清清嗓子说：“我们要让你们争吵，互相不满，这费不了多大力气。只要你们分开了，就不会遭到卡拉根的报复。”

真相突然降临，压在希奥的双肩上。他的心情低落到了极点。这个女孩，他的新朋友，他第一次心动的对象，却从第一次遇见起就一直撒谎。

希奥望着米克。“等等，我为什么要相信你？分裂非凡魔术团同样是卡拉根的目标，你也可能是在为他效劳啊。”

米克伤心地摇了摇头。“我已经说了，我和卡拉根没有任何关系，和波索、桑德拉，甚至是可怜的丹特也没有任何关系。因为童年时的经历，我决定再也不碰魔术。”他顿了顿，仿佛在思考下面的话该不该说，“并非因为我忘记了那些时光，而是因为亲眼看到卡拉根利用魔术试图做的事情，看到他和丹特发生的正面冲突，我知道自己必须远离以前的朋友。”他摸了摸脖颈，希奥想起了那片疤痕。

“发生了什么？”希奥问，“卡拉根对韦伦先生做了什么？跟度假区的那场大火有关系？就是烧毁了配楼的那场大火？”

米克闭了闭眼睛，希奥知道自己问到了关键点上。

“事情没那么简单，”米克说，“我也不确定该不该跟你说。我能拿得准的就是，艾米莉和我想保护你们——你们大家。”

艾米莉吸了吸鼻子。“请你别再和非凡魔术团其他成员联系了，如果爸爸和我都能破坏你们牢固的友谊，那想想万一卡拉根潜入你们内部会发生什么事吧。”

“他手下的势力越来越强大，”米克继续说，“你们已经见识了他的几个同伙。也许他本人也已经在矿泉镇了，果真如此的话……请你，希奥，好好想想我们说的话吧。”

“我不确定还要不要再听下去。”希奥说着，脚步虚浮地来到门口。

“不用现在做决定，”艾米莉在他身后担忧地喊道，“不过希望你们能尽早明白我们的苦心。”

★★★

希奥一路茫然地从乐器店走回家，心中隐隐期望能够听到艾米莉的脚步声从身后传来，希望看到她被泪水打湿的脸，希望听到她说：“原谅我，希奥！”然而希奥回头望去，只有空空荡荡的街道，只有他孤单一人。

推开大门，哥哥姐姐们向他打招呼，他们又准备来一次午后远足了。“跟我们一起去吧！”利奥说，“我们打算在树林里演奏一小段乐章。”

希奥怎么能拒绝这样的邀请呢？他乐于沉浸在小提琴的世界里。

到达湖边时，菲奥娜说：“哦，对了！我们报了名，打算参加明天的才艺秀比赛。你会跟我们一起的，对吗？”

希奥竟然不假思索地回答：“对，对！我们一起。”

第20章

第二天早晨天气异常炎热，而且日头渐渐更加毒辣。

希奥来到魔术商店，莉娜为他开了门。

“哈喽——”佩莱斯托从它的栖身处喳喳叫道。

卡特在商店里面朝希奥招招手，他正逗着多多玩，一个红色小球在他手掌上一会儿出现一会儿消失，猴子尖叫着拍打卡特的手。

这么多天来，这是希奥第一次来到这里，然而他的心情不复往日的欢欣，他的心里只有担忧与恐惧。

只听身后门铃又响了，瑞德利走了进来。看到希奥时，她生有雀斑的脸颊顿时绯红，支支吾吾地说：“双胞胎在路上了。今晚的事大家都准备好了吧？”

“已经迫不及待了呢！”莉娜兴奋得有点儿过了头。

“一切就绪！”卡特答道。

多多看了一眼瑞德利，不满地冲她龇了龇牙，而后就一溜烟不见了，这下换瑞德利不满了。“我的大礼帽哪儿去了？”她问。

莉娜从附近一张桌子上拿起商店售卖的一顶礼帽，瑞德利的宠物兔大礼帽正坐在下面。小兔子像往常一样皱皱鼻子欢迎他们。

为了快点儿缓和气氛，希奥把琴弓举在兔子上方，大礼帽便从桌上飘浮起来，落到瑞德利腿上。她把兔子搂在自己的胸口。“谢谢你，希奥。”她轻声说。

不知道在哪里，钟表正嘀嗒嘀嗒地响。

阳台上传来响亮的咔嚓声，大家都吓了一跳，原来是古登家的双胞胎爬到了栏杆上，盯着下方的他们哈哈大笑着。伊兹拿了一对巨大的钹。“我想我找到了个新乐趣，”她说，“我敲得很好呢。”

“别那样吓我们！”瑞德利责怪道。

“你们怎么爬上去的？”莉娜问。

奥利指了指韦伦家公寓的入口。“那不是你给我们留的门吗？”

莉娜咬着嘴唇。“肯定是魔厨老爸今早上班时忘记上锁了。”

“我去锁吧，”卡特说着，拿起展示柜里的魔术宝剑举起来，“一定要小心再小心。”

你们什么都不知道，希奥想着。伊兹爬下楼梯，她的弟弟紧随身后。希奥耐心等卡特回来，大家叽叽喳喳讨论着文德尔·韦斯珀斯和他取消了的演出。

“昨晚，阿诺德先生大概是大发雷霆了。”奥利说。

“妈妈和爸爸说，他会给所有买票的人退还票费。”伊兹说。

“我真心希望他不会发现腹语节目取消是因为我们，”奥利说，“不然他可能会让我们不穿舞鞋去表演踢踏舞！”

“哇哦！”伊兹说，“那可比让我们穿大猩猩服装跳芭蕾还要糟糕！”

“那……不会发生的。”瑞德利猜测。

“可发生了岂不更妙？”

“文德尔的离开不是我们的错。”莉娜打断道，“假日酒店里有人把那串文字放进海报，是想让我们跟他作对，想让我们给他看玩偶里的无线电发射装置，想让我们认为那就是他干的，想让我们知难而退。”

只说对了一半，希奥想着。酒店里的某些人确实是这样想的，但同时，这也是镇里某些人的想法，比如米克·墨里迪让和艾米莉。他不知一旦说出这些会发生什么。

“都搞定了！”卡特从楼上喊道。他走下楼梯，小心翼翼把剑放回展示柜。“别告诉你爸爸我动过它，行吗？”他对莉娜说，莉娜做了个噤声的动作。

“对！”瑞德利轻轻抚摸着大礼帽，“既然大家都在这里了，我请求召开非凡魔术团会议。”

店铺关闭，灯也大多熄了，大家站在柜台附近，步入书架后的密室，开启在这里度过的又一天。

希奥随伙伴们讨论了一会儿，当大家开始商量为今晚比赛做最后一次排练时，希奥站起来举起手。“可以允许我说几句吗？”他问道，声音几近崩溃。

朋友们望着他，仿佛他是在宣布自己将慢慢变成一条大蜥蜴一样。（我想，与他即将说出来的话相比，可能变成大蜥蜴还更好一点儿。）“我……我今晚不能和你们一起上台了。”

说完，他的话仿佛沉了下去，大家谁都没说话，神情好似被希奥用玻璃展示柜里的宝剑刺中胸口一般。

“什么？”瑞德利大声质问，惊得大礼帽差点儿从她腿上掉下去，“为什么不能？”

希奥想说，因为卡拉根在监视我们。我们介入了他的计划，他很生气，如果继续下去，我担心咱们有人，也可能是所有人，都会受到伤害。他想说，昨天米克和艾米莉告诉了我这些。他们想让我们先分开，这是最好的解决办法。

而他最想说的是：你们是我的朋友，我很抱歉。

然而他只回答：“哥哥姐姐们需要我拉小提琴，跟他们一起表演。”

“荒唐！”瑞德利说，“你是非凡魔术团的成员啊。”

“难道就不能偶尔做些别的事了？”

瑞德利张了张嘴，很明显她正要说“不行”，这时莉娜在他们中间举起了手。“希奥，难道不能两个表演都参加吗？”

“我查了比赛规则，”他回答，“每个选手只能参加一个节目。”

“可是我们已经把你编排进我们的节目里了，”瑞德利换了个方法，“即便你不参加表演，我们还是需要你帮忙。”

瑞德利说得对，这是问题的关键，不是吗？而现在他的任务是让别人知道非凡魔术团即将分崩离析，向卡拉根证明他无须担忧。非凡魔术团不再是英雄，只不过是一群孩子而已。

“我知道，”卡特难过地笑着说，“你不想让家人失望。”

“对不起，”希奥最终回答，“不只是为了家人。”他需要在重重危险中前行。他知道米克和艾米莉的做法是对的，虽然方法有些不恰当。他要终结当下的情形。“我们吵架吵了那么多次，我想……我想我需要休息一下。”

“休息是没错的，”伊兹说，“我们跳舞演出中间也要休息。”

“我想休个长假。”希奥纠正说，“不久前哥哥跟我说我的小提琴荒废太久了，我觉得他说的是对的。”

没人说话。只有钟表的声音：嘀……嗒……嘀……嗒……嘀……嗒。

瑞德利眼里涌出泪花，紧接着脸颊衍出红晕，难以分辨那是出于难过，还是出于愤怒。希奥看向其他人，显然大家都对他这番话猝不及防——只有奥利盯着前门。

“韦伦先生什么时候回家了？”奥利问。

卡特摇摇头。“我们没接到消息——”看到外面暗影幢幢的门廊处现出一个身影，卡特停了下来。那人个子很高，头上戴顶礼帽，更显出他的个头。一条黑色长斗篷从他肩上垂落下来，随微风轻摆，不时露出的红绸内里不断泛出光泽。烟蒂处一团烟雾盘旋升起，橘色的火星明灭闪烁。

“韦伦老爸？”莉娜向门口走去。

“莉娜，嘘！”希奥悄声说，“我们什么时候见韦伦先生抽过烟？”

莉娜僵在原地，停下了正要推开门的手。

“可那……是谁？”卡特小声问。

非凡魔术团成员愕然站在原地，先前各自的委屈愤怒瞬间抹去。

“不管是谁，他都在偷听我们说话。”瑞德利压低声音说。她神情犹疑地环视身边的伙伴，倒吸了口气：“你们觉得他可能是——”

这时，那个身影快步离开门廊，朝街上走去。外面传来汽车鸣笛声，似乎有车差点儿撞上他。他迅速穿过草坪，转过理发店附近的街角。

“还等什么呢？”瑞德利霍然推开门，“跟上他！”

“这不安全！”卡特说，“我们应该给谁留个信息。”

“他要走远了！”莉娜快步追上瑞德利。

说话间两人已跑到了马路上。

希奥也跟了上去，留下双胞胎和卡特在身后。

很快，他们就穿过草坪，转过理发店附近的街角。希奥超过瑞德利和莉娜，用尽全力奔跑，而后猛地在人行道上停下来，心脏仿佛要跳出喉咙。

就在他前面几步远的地方，那个戴礼帽、披斗篷的身影似乎悬浮在地面上方。他的样貌似乎哪里有些不对劲，希奥看不到他的脖子，而他双脚正下方有一片阴影。

大概整整五秒钟，那个身影一动不动。

“在那儿！”希奥大喊着向前走去。莉娜从后面跟了上来，抓住他的胳膊，然而希奥继续前行。“你是谁？”

那个身影没回答，只有微风吹动着斗篷。

希奥紧张地一步步接近他，瑞德利和莉娜跟在身后。然而还没等希奥走近，那人的斗篷慢慢滑下来，露出里面的衣架，落在青石小路上。希奥急促地吐了口气。帽子仍架在衣架上——根本没什么飘浮的人。有人故意放了这个东西误导他们。

这是一次隐身的把戏。

希奥猛然转身，寻找可能在监视他们的人。他闻到一丝烟味儿。衣帽架底座不远处有被踩过的烟头。他轻轻捡起来，烟蒂上的几个小字映入眼帘：

不错的选择，希奥。

他忍住急促的呼吸，把烟头塞进口袋——不能让其他人看到它。

卡特和双胞胎转过街角走来。

莉娜从衣架上摘下帽子。“这是我韦伦老爸的，”说着她举起来，向大家展示上面的标签，接着弯下腰捡起斗篷，“这也是。”

“肯定是从我们家拿走的。”卡特回道。

“可是，为什么？”莉娜问。

希奥叹了口气，更加坚定了拒绝和非凡魔术团其他成员一起参加才艺秀的决心。“为了让我们知道他能做到。”

伙伴们带着韦伦先生的衣帽慢慢返回魔术商店。

“你们真笨，怎么不早点儿跟上我们，”瑞德利对卡特和双胞胎说，“我们要一起行动。”

“笨”这个字眼像一只失控的机械蜻蜓，猛一记撞在希奥的额头。“不要那样跟他们说话，”他听到自己说，“你自己不害怕不等于有权利对别人恶语相向。”

瑞德利的脸涨得通红，她气鼓鼓地鼓着腮帮子。“你这个……这个……笨蛋，希奥·斯坦因·迈尔！”她大吼道，“你退出非凡魔术团才好，我一点儿也不伤心。我高兴着呢！”

“听着，我觉得过去几个礼拜你特别不友好，瑞德利·拉森。我没有退出，”希奥马上接过话茬儿，“我只是演出要和——”

“我们知道你在做什么。”瑞德利说着，面向其他伙伴们，“听好了，今晚演出前我在这里等你们。”她又看向希奥说，“至于你来不来，我无所谓。”说完便离开魔术商店，消失在街上。

希奥叹了口气。莉娜拍了拍他的肩膀说：“那不是她的本意。”

“我觉得她就是那么想的。”希奥答道，只觉大脑一片空白，“这样最好。今晚见。我会为非凡魔术团加油的。”

希奥头也不回地离开了。

希奥没有回家和哥哥姐姐们会合，转身去了乐器店。离乐器店越近，他胸中的愤怒就越强烈。走到乐器店门口时，他愤怒得手都颤抖起来。

艾米莉恰好在店里。“那么做可不好。”他努力沉下嗓音说。

“我没明白你在说什么。”她摇摇头说。希奥掏出口袋里的烟头，艾米莉生气道：“你给我看这个做什么？”

“这是你父亲留下的信息。”希奥尽量让自己心平气和地说。

看到上面印着的字，艾米莉蓝色的眼睛似乎苍白起来：不错的选择，希奥。“我爸爸从不抽烟。”她说。

“那不是重点。”希奥说，“他想让我们知道，他很开心我决定今晚不和非凡魔术团一起演出。”他说了一遍在魔术商店看到那个身影的来龙去脉，以及他们追踪的经过，还有人行道上的衣架。“他在监视我们。”

艾米莉摇摇头，说：“今天上午爸爸一直在工作室工作。”

希奥记起了第一次遇见艾米莉的那个下午的感觉——仿佛有根无形的线将自己拉向她。他想到了同她一起从度假区走回镇里时的那种感觉，想到了他们一同在空中高飞的梦境。“我怎么相信你？”他问。

艾米莉皱了皱眉头。“他现在还在那儿，你可以自己去问他。”

“我又如何相信他？”

艾米莉叹了口气道：“希奥，我知道我们确实骗了你。”

“也就是说你们说谎了。”

“随你怎么说吧。我听了爸爸的话，是因为我认为那样做是正确的——保护你们的安全，保护城镇的安全。这是个艰难的决定，因为……我喜欢你，希奥。真的喜欢。我不是故意要伤害你，或者你的朋友们。希望有一天你们能原谅我。”

“你们做的事我还没告诉他们，他们还不知道要原谅你什么。”

艾米莉看着他掌上的烟头点点头。“这样就对了，”她答道，“不管是谁留下的，你确实做了个不错的选择，希奥。卡拉根不会再把你们视作威胁，他不会再打扰你们了。”

“希望你的猜测是对的，”希奥低声说，“希望大家都好。”

第21章

傍晚七点，希奥和哥哥姐姐们一起出门。他们带着乐器，来到公园，这里早就聚集了许多来观看才艺秀的观众。

人们在草地上铺开野餐垫，此刻的草地像一张巨大的杂布拼贴而成的被单。有人带来了折叠椅。每当有人经过印有表演者名字的节目单，便传来一阵骚动，人们各自为自己喜欢的最有可能赢得比赛的选手下注。人们频繁提起非凡魔术团，由于无法参加伙伴们的演出，希奥不禁胸口一痛。希奥望向韦伦魔术商店，透过窗户，他看到朋友们互相帮忙穿上表演服，在店外准备齐全后穿过马路。

他咬紧牙关，说服自己：打起精神，希奥。这只是眼下之计。等到抓到卡拉根，阻止他扰乱矿泉镇，一切就会回归正常。可是，如果他们不齐心协力，又怎么能打败卡拉根呢？

这仿佛是个无解的谜题。

利奥朝希奥招手，示意他来凉亭后面张贴的节目单前。“我们第一个上场，”他说，“准备好了吗，兄弟？”希奥抿紧嘴唇，点了点头。他担心一说话声音会嘶哑，眼睛会流泪。希奥抓紧提琴包的拎手，然后去摸平常放在裤子口袋里的折叠琴弓——那是把可以变魔术的琴弓，可以指挥东西飞起，给人们带来微笑、惊奇和掌声。转而他想起自己把它放在家里了。今晚，他用到的只是一把能够奏乐的琴弓。

几分钟后，身穿剪裁利落的蓝格纹套装的麦克法登镇长登台，来到麦克风架前。“你们好，矿泉镇的居民们！欢迎来到第三十三届年度才艺秀竞赛现场！”人群一阵欢呼，为他们的小镇而骄傲。“今晚的节目一定会惊艳大家。现在请坐回座位，安静下来，让我们把热烈的掌声送给第一个节目。”他看着手里的一张小卡片，而后宣读：“有请斯坦因·迈尔家庭乐队上台！”

凉亭里，菲奥娜站在中央，其余人呈半圆形围在她身边。她示意希奥给出 A 音，哥哥姐姐们依着他的调子调整各自的乐器。人群安静下来。天空渐暗，街灯亮了起来。

希奥再次看向魔术商店，商店里的灯光也暗了。准备演奏前，他告诉自己这是最好的解决方法。他跟随菲奥娜的指挥，琴弓拉过琴弦，小提琴浅唱低吟，空气随着他的演奏而震颤、起舞。哥哥姐姐们随后依次加入演奏，不久观众便拍起手来，像米克·墨里迪让送给他的节拍器一样打着节拍。

奏乐结束，大家报以热烈的掌声，让希奥不由得怀疑是不是胜券在握了。他们兴奋地走下舞台，围坐在斯坦因·迈尔夫妇早已铺在草坪中央的巨大野餐垫上。

节目陆续上演，不过周围的人不断地小声对希奥说还是他们家的节目好。这时，有什么东西吸引了希奥的目光，他在人群中看见了达令·丹尼尔。人们还不知道这些玩偶里藏了无

线电发射器，能把他们日常说的话传回某个隐秘的接收器。当《公报》登出真相，大家会有什么样的反应？

终于，镇长再次来到麦克风前，为希奥害怕面对的节目报幕。“接下来，让我们欢迎镇里近来的英雄，他们就是非凡魔术团！不知今晚，他们又要做些什么拯救我们呢？”他幽默地说。

众人笑了起来，而后使劲鼓掌。五个孩子走上舞台，不在台上的第六个成员希奥则埋下头去，希望他们不要看见自己和家人。

他的朋友们都精心装扮一新。卡特穿一套黑色燕尾服，戴一顶泛着光泽的礼帽。莉娜穿了一条闪亮的黑色裤子，一件稍微宽松的约束衣。瑞德利神采奕奕，穿一条裙摆饰有亮晶晶宝石的绿礼服裙。双胞胎的衣着款式相同，他们穿格子花呢连身裤，戴草编渔夫帽，脚穿翼纹皮鞋，黑色筒袜拉到膝盖上方。然而，最亮眼的要数动物助理们的着装了。大礼帽戴了一顶黑色小礼帽坐在瑞德利腿上，小礼帽用带子系在它的耳朵上。佩莱斯托栖在莉娜肩头，毛茸茸的脖子上挂了一颗闪闪发亮的宝石，像是波索曾妄图偷走的那块非洲之星。多多的背带上系了一个亮红色领结，卡特紧紧抓着多多的背带。

瑞德利从镇长手里接过麦克风，向大家挥手致意。“我们站在这里非常开心，朋友们！”她大声说，“未来我们还将为矿泉镇居民持续献上魔术表演！”

希奥身上起了一层鸡皮疙瘩，不知道瑞德利那番话是故意说给他听的……还是说给卡拉根听的。希奥再次环顾四周，他敢肯定催眠师就藏在人群中，可眼前看到的只有观众们满怀期待的笑脸。

非凡魔术团的演出从一开始就错漏百出，这令希奥惊诧不已。在一个简单的抛接纸牌魔术中，卡特竟掉了几张牌下去。他红着脸，悄声道歉，装作让多多再次选择纸牌。然而多多却不停地尝试逃下舞台，为了抓到它，卡特差点儿绊倒。瑞德利滑动轮椅时，轮子压在了猴子的背带上，惹得它勃然大怒，又是吼又是叫。

回想起他们的排练，这时希奥本该把口袋里的盒子递给卡特。是不是因为自己的错误决定才导致非凡魔术团失误连连？观众们笑了起来，还好大家觉得这可能是为了逗大家轻松一笑而故意设置的情节。接下来，瑞德利举起大礼帽，向观众展示。双胞胎在兔子前拉起一大块布，可没等瑞德利把兔子戴的礼帽换成复活节圆帽，他们就扯开了布，结果两顶帽子一同掉在了瑞德利腿上。兔子跳了下来，莉娜不得不马上抱起兔子和所有道具还给瑞德利，瑞德利又羞又愧，似乎无法再继续表演下去。

这次的失误很明显，观众窃窃私语起来。瑞德利表演的部分本该也有希奥参与，希奥暗自认定双胞胎的失误也全是因为自己把他们两人陡然推入了困境。

“他们表演得不怎么样，是不是？”吉奥小声对克里奥说。

希奥忍住没有告诉他们，这是因为自己选择了家人而非朋友才导致这样的局面。“平常我们表演得比这好多了，”他说，“我们只是没时间练习而已。”

最终，双胞胎和他们的宠物老鼠顺利完成了一套喜剧动作，没有出现差错，可已经于事无补，无法挽回观众的认可了。

人群躁动起来。远处一角有人开始喝起倒彩来。希奥定睛看去，原来是几周前欺负过他们的坏小子，那个朝他扔泥巴的特雷弗，数他的嗓门儿最大。

这时，他看到艾米莉跑过去，双手叉腰，特雷弗便和他的同伴坐了下来。

希奥同样需要做些事情。非凡魔术团不能成为笑柄。他不自觉站了起来，手里握着小提琴和琴弓。利奥喊他：“你要去哪儿，弟弟？”希奥只管绕过坐在他前面的父母，走上舞台。

朋友们看着他一步步走上台阶。“你要做什么？”瑞德利发火道，“你不能重复表演。”

希奥想到了韦伦先生的话。“我就是你们的预料之外，让我来助力完成结尾部分吧。”他看了看坐在人群边缘的艾米莉。目光相遇，艾米莉摇了摇头。希奥没有放在心上，无论如何他都不会离开非凡魔术团。

“我们会被取消评比资格的，希奥。”莉娜说。

“谁在乎？”卡特答道，“到了这一步，无论如何我们都赢不了了。”

瑞德利叹了口气，看看双胞胎。他们两人都欢欣鼓舞地点点头。“好吧，”她说，“但这不等于我们原谅你了。”

希奥愉快地笑了。“我理解。”希奥留神听见咕咕的声音，那是从凉亭顶上传来的。

你们明白了吧，希奥傍晚离家时把鸽子放了出来。和家人步行来公园的路上，他放出信号让鸽子跟随，以备不时之需。观众和非凡魔术团都没有注意到那群鸽子。

莉娜走到舞台前。“女士们先生们，我想向大家介绍一位特别嘉宾，他会帮助我完成今晚我们表演的最后部分。欢迎希奥·斯坦因·迈尔！”

稀稀拉拉的掌声后，其中一个评委喊道：“如果他参加，这位年轻女士，你们都将失去评奖资格。”

“没关系。”卡特说。

“希奥是我们非凡魔术团不可缺少的一员。”莉娜补充道。

双胞胎与希奥击了个大大的掌。

瑞德利把胳膊抱在胸前，也犹豫地点了点头。

“请自便吧。”评委说着坐了下来。

孩子们商量了一会儿。希奥把自己的计划告诉他们。“莉娜，就按我们之前排练的来，”他说，“不过后面要听我指挥，结尾部分肯定会让他们难忘。”

希奥退后几步，把琴弓搭在弦上，快速移动手臂，公园上空的空气随之震颤。观众安静下来，怀疑地看着台上的魔术师。

“矿泉镇的好居民们！”莉娜喊道，“请看我这里！我们有个故事要讲给大家听！几周前，一帮暴徒闯进我父亲的魔术商店，企图劫持我们！”

人们交头接耳起来。这几周有关这件事的传言五花八门、沸沸扬扬，现在能够亲耳听到当事人讲述，大家个个打起了精神。

莉娜继续说着，按照先前的排练重现了当时的情形，希奥为她伴奏。当卡特、瑞德利、奥利和伊兹模仿坏蛋鬼鬼祟祟爬上台时，希奥奏起扣人心弦的旋律；当莉娜用一条白色长绳绑住他们时，希奥又奏出胜利欢舞的音律。四人在舞台上呈“一”字排开，胳膊举起，露出手腕。

“我们需要一位志愿者来检查这些绳结是否牢固，”莉娜大声说，“有人愿意帮忙吗？”

希奥扫过观众时又奏出充满悬念的旋律。“莉娜，”他悄声说，“那边。”

“那位！”莉娜指向艾米莉·墨里迪让，“请您移步舞台。”

片刻后，艾米莉走上台阶，眼里满是担忧。她靠近希奥悄悄说：“太冒险了。”

“对不起，让你担心了。”希奥简单回道。

“小姐，请您帮忙检查一下这些绳结系紧了没有。”莉娜面对着观众问道。

艾米莉照做了，最终从嘴里挤出几个字：“很紧。太紧了，莉娜。”

莉娜眨了眨眼，心里有些慌张。“谢谢……您可以下去了。”

等艾米莉走到足够远了，莉娜冲希奥眨了眨眼。这是个暗号，表明他们在节目安排上达成一致。

莉娜拍了拍绳子，绳结没有松开，然而说时迟那时快，刹那间绳子突然全部松开，收进了莉娜手里。

不待众人“哇——哦！”的惊呼落地，演出已进入下一个高潮。

希奥把小提琴和琴弓轻轻放在凉亭里的地面上，然后向卡特、瑞德利、奥利和伊兹投去紧张的目光，示意自己将开始表演。他迅速吹声口哨召唤出鸽子。六只洁白的鸽子纷纷从凉亭顶飞下，分别落在非凡魔术团成员头上，小爪子抓得孩子们头皮直发痒，他们用力忍着才保持住身体平衡。

观众们屏住呼吸，而后爆发出雷鸣般的掌声。终于，表演回到了正轨。取消评奖资格重要吗？难道这不才该是表演的核心——创造惊奇？

因为没带魔术琴弓过来，希奥转而抬起双臂。他手掌向下，伸出五指，接着又慢慢向上摊开手掌。魔术团成员头上的鸟儿渐渐拍打起翅膀。突然间，他们双脚都离开了地面，似乎是鸟儿带着他们飞了起来。他们慢慢上升，越来越高，一英寸，两英寸，三英寸，四英寸，五英寸！

有人惊奇地站了起来。有人愕然感叹。卡特神情轻松愉快；莉娜紧闭着双眼；双胞胎咯咯笑个不停；瑞德利得意扬扬；希奥神情专注，仿佛在用尽全力控制鸟儿，让他的朋友们悬浮起来。

希奥心里明白自己的时间不多，要赶在有人来到台侧发现魔术秘密之前结束。于是他大声吹了声口哨，鸽子应声飞向观众上方，盘桓在公园上空。

魔术团的孩子们在空中又悬浮了几秒钟，直到希奥平稳又迅速地放下双手，他们才稳稳落在地面上。

掌声如潮。人们跳起来喝彩欢呼——连特雷弗和他的同伴也不例外。一切尽收希奥眼底。非凡魔术团来到台前，激动之情溢于言表。他们抓牢彼此的手，一同举起来，久久地、深深地鞠了一躬。

第 22 章

当然，非凡魔术团没有赢得比赛。

大奖获得者是卡门·哈尔普林和她的三只跳舞腊肠犬——亨利、佩妮和布鲁斯。评委们给她颁奖，她在友好的掌声中领取了奖品和奖金。

非凡魔术团的节目哪一部分产生了反响，大家都心知肚明。

他们走下台后，希奥发现瑞德利果真如她所说，并不准备就此原谅他。“瞧，这一天都被你毁了，最后一刻你冲上来是什么意思，想让大家敬你为英雄？”

“哦，别那样说，瑞德利，”莉娜抱住希奥，“这周我们经历太多事情了。”

“似乎每周都如此。”卡特补充道。

伊兹笑了笑，说：“希望从现在开始的每一个礼拜，我们都能打败那些坏蛋。”

“嘿，”奥利指着草坪的另一端说，“那不是墨里迪让先生和艾米莉吗，他们在跟我们招手呢。”

“我们去打个招呼吧，”莉娜说着，向草坪那边走去，“我想去谢谢艾米莉，感谢她帮忙。”卡特、瑞德利和双胞胎也跟着去了。

希奥想起了艾米莉在台上说过的话：“这样做太冒险了。”她会把真相告诉大家吗？他不想让朋友们去艾米莉那里，可万一阻拦，他们必定会问个究竟。“等等。”他说，可没人听他的话。

希奥跟在朋友们身后穿过草坪，路上却被几道熟悉的声音叫住了。

家人纷纷拥抱、祝贺他，虽然他为了帮助朋友让斯坦因·迈尔一家失去了荣誉和评奖的机会，这让希奥松了口气。“我为你骄傲，弟弟。”利奥一边说，一边摸着希奥的头。而后他凑近来说：“不过还是要继续练习提高琴技。你非常有天赋。”

“我会的。我保证。”他望向草坪那头，墨里迪让先生似乎已经做好准备与非凡魔术团深谈一番。“请帮我拿一会儿提琴包好吗？我马上回来。”

一到朋友们身边，希奥就觉察到了气氛的异样。卡特紧紧抓着多多身上的背带，握得指关节都发白了；莉娜惊得合不拢嘴，佩莱斯托站在她肩头，模仿着她的神态；奥利和伊兹的神色好似刚被人嘲笑过他们相配的连身裤一样；瑞德利满脸通红，似乎连脸上的雀斑都隐去了。

虽然知道一旦开口会面对什么，希奥仍然问道：“怎么回事？”众人一齐转身看向他，仿佛希奥是凭空钻出来的一样。

艾米莉说：“我们必须告诉他们，希奥。”

“告诉什么？”希奥的声音微弱得几乎听不清。

“告诉他们我是绿宝石戒指俱乐部的腹语表演者。”米克答道。

“哦？”希奥含糊地说，“是吗？”

“还有艾米莉和我对大家做过的事。”

“利用我的声音，”艾米莉说，“试图用拆散你们的方法保护你们。”

希奥第一次感觉艾米莉像被洗过脑一样，头脑中塞满了米克提前编好的胡话。

接下来的事情让希奥十足害怕，因为艾米莉转向魔术团成员说：“希奥知道的。所有事情爸爸和我昨天都告诉他了。”

朋友们齐刷刷看向他，大家震惊愤怒的表情让他几乎喘不过气来。

“是真的？”卡特问。

“我……我……”希奥只能说出这一个字。

“想必不用问了，卡特。”瑞德利盯着希奥喃喃道。

“大家稳住，”莉娜说，“我们得听听希奥怎么说。”话语间有些犹疑。

希奥鼓足勇气开口道："昨天他们确实告诉我了——利用声音，离间我们。但是他们也跟我解释了为什么要那样做。"他看向艾米莉，艾米莉却回避了他的目光。"他们担心卡拉根会处处针对我们，"希奥说，"他们认为解散非凡魔术团是打消他关注的唯一办法。"

"这就是你不肯和我们一起演出的原因？你就听了他们的话？"瑞德利问，"这太可怕了，希奥。"

"做这个决定，是因为我觉得他们说的是对的。这样做大家就不会受伤害，不会重蹈墨里迪让先生在那场大火中的覆辙。"

"你怎么知道我的疤痕是那场火灾留下的，希奥？"米克问。

"我不知道。"希奥回道，"不过，谢谢你帮忙确认。"

米克表情不悦，却点点头。眼看米克和艾米莉控制下的局面被扭转，即便是如此微小的扭转，希奥仍然感到一丝震颤。

"我们还有很多话要跟你们讲，"米克最终说，"很快你们就知道真相了。但是现在，我们认为你们都处于极度危险中。我了解卡拉根。我也了解丹特·韦伦。"

"韦伦老爸是最好的人。"莉娜不解道。

"他自视甚高，也很鲁莽，总认为自己是不可战胜的。"

“不可看见？[1]”奥利说。

“那只是某些时候！”伊兹补充道。

“是不可战胜。”米克重复道，“好像没什么事、什么人能伤害他。不然，他为什么让你们六个置身危险，仅仅为了让你们帮他解决与别人的矛盾？”

孩子们无言以对。希奥回忆着过去几个月韦伦先生的所作所为：提议他们做一番伪装，闯入波索在酒店的住房；隐藏关于桑德拉·桑托斯的真相；为了账簿不落入贼人手里，置女儿的安危于不顾。而且就在最近，明知卡拉根有可能追踪他们，还把他们独自留在这里。

米克叹了口气：“我来讲个故事吧。”

★ ★ ★

据米克讲，目前绿宝石戒指俱乐部的成员多得数都数不过来。

然而，它的开端却可只从两人说起：丹特和卡拉根。他们希望将魔术奉为最完美的一项娱乐活动，这是他们在自己的世界创造奇思妙想的方式。

然而，卡拉根试图让俱乐部的成员利用各自的技能去赚钱。他读了几本心理学和催眠术的书，而催眠术，他在一些成

① 上文“不可战胜的”英文是 invincible，它的发音与 invisible（不可看见的）相近，故奥利有此疑问。——编者注

员身上试验过。

就在那年夏天，一切都变了。事情发生在矿泉镇才艺秀比赛启事发布后的几日。俱乐部胜券在握，不过在选用哪项技能参加比赛这件事上，他们产生了分歧。

丹特可以让俱乐部所有成员立马消失，他想以此参赛。

卡拉根却想催眠几个观众，让他们把钱包和珠宝放进一个天鹅绒口袋里，而后点火烧着。袋子起火之际，观众们正好从催眠中苏醒过来。不过最终，卡拉根会摘掉头上的礼帽，向“受害者们”展示他们的财物万无一失，安安全全藏在他的帽子里。

丹特不相信卡拉根会把观众的财物安全、痛快地还回来。

大家争得面红耳赤，直到桑德拉提议，先内部举办一场比赛：丹特对阵卡拉根。

他们约定在巨橡园酒店配楼的地下室见面，波索、桑德拉、米克、莱尔在那儿搭了一个与凉亭一样大小和形状的舞台。

丹特首先登台表演，邀请了几位俱乐部成员站上临时舞台。在箱子堆积、灰尘四起、蛛网密布的环境中，丹特向大家展示了他的魔术。他的表演完美无瑕，丹特深深鞠躬，朋友们热烈鼓掌。

接下来是卡拉根。他让每个成员都把最珍贵的东西交给他，放进他的天鹅绒袋子里。他不知从哪里找来了烛台，而后打了个响指，烛芯陡然亮了起来。

很难说当时究竟发生了什么。

一些人说那是一场意外事故。

而其他人却坚信那是一场阴谋。

火势蔓延很快，从临时舞台烧到隐秘的落满灰尘的箱子，而后蹿到天花板上，吞噬了顶上的木梁。

桑德拉、莱尔和丹特穿过一道门逃到秘道里。波索、米克和卡拉根向楼上跑去，跑到了一楼大堂。大堂里一片混乱。浓烟与大火吞没了人群，大家惊惶失措。卡拉根挣开其他两个男孩，又爬上楼梯，喊着要去找他的父母。

米克在跑向一扇窗户的时候绊倒了。一块烧着的天花板掉落下来，火苗从他背部一直烧到颈部。接着他的眼前一片黑暗。

波索朝他的朋友扔了一块毯子，灭掉了朋友身上的火苗。两人踉跄逃入夜色，疼痛在米克烧伤的皮肤上蔓延。

即便矿泉镇消防队全力灭火，配楼也烧了足足几个小时。到凌晨时，建筑结构仍在，不过已经面目全非。

面目全非的，还有这帮少年魔术师的友谊。

★ ★ ★

孩子们谁也没说话，他们面面相觑，直到希奥最终问：“后来怎么样了？”

“我在医院住了几个月。几轮手术和皮肤移植后，我不得不重新学习如何走路、移动身体。”米克停了下来，“卡拉根成功逃出了火灾现场……而他的父母——他们是那里的工作人员——因为帮助疏散顾客没能逃出来。他被送到了孤儿院，不过他一次次偷跑出来，回到矿泉镇。他和波索仍旧走得很近，卡拉根把这事都推到了丹特和莱尔身上，怪他们把我们独独留在了地下室。他一直没有原谅他们。”

“那你呢？”希奥问，“你怪韦伦先生吗？”

米克叹了口气：“我不信一切只是意外。丹特肯定也参与其中了。那之后，我再也没碰过魔术与表演。俱乐部的成员们一个个都长大成年了，而生活也在继续。我也是这样。卡拉根为愤怒所裹挟。我猜丹特·韦伦也因为愧疚改变了自己。他花了许多年纠正自己的错误……现在他似乎打算通过你们六个来实现他的愿望。”

“韦伦先生对我们寄予厚望。”希奥难以相信。

莉娜点点头，擦掉脸上的泪。“我老爸全心全意地爱着我们。”

米克转向希奥。“今晚你上台加入朋友们的演出，让我们过去几个星期的努力全白费了，希奥。卡拉根的手下仍在监视你们，如今他们知道这个团队如往常一样团结。”

“也许这是件好事，墨里迪让先生，”希奥说，“不团结，就不能有力回击。这一点艾米莉比谁都清楚，排练的时候她帮我们制服了骚扰我们的特雷弗。”

“可那是她一个人制服的特雷弗，”米克说，“她学习、训练、提升自己，都是一个人。我建议你们也这么做。”

“我们是非凡魔术团，”瑞德利说着，抱紧了她腿上的大礼帽，“我们变魔术。那是我们一直训练的内容，它也能够像拳头一样有力。”

“可卡拉根也知道这些，他会用魔术来对付你们，对付你们和韦伦。”

而后又是沉默。

只有墙上的钟表嘀嗒嘀嗒响着。

希奥终于逮到了艾米莉的目光。“我以为我们以前是朋友。”他轻声说。

艾米莉看着希奥的眼睛。“我以为你们会理解。”她漠然说。

嘀嗒嘀嗒嘀嗒，钟表声和着希奥的心跳，仿佛一段没有旋律的音乐。

他转过身来，脚下的大地突然剧烈抖动，紧接着传来爆炸声。声音震天，草坪上的观众本能地捂住了耳朵。

希奥看到魔术商店巨大的玻璃窗顷刻间爆裂开来，玻璃碎片向外飞溅而出。

第23章

房屋前面的碎石崩落到人行道上。众人纷纷逃到安全的区域，只有非凡魔术团的孩子们站在原地眼睁睁看着房子坍塌。石板屋顶坍塌时发出巨大的碎裂声，房屋前侧墙面摇摇欲坠地向后倾斜，几秒钟前这面墙后还是商店的地板，此刻已塌成了个大坑。

“秘密通道，”莉娜焦急地说，“商店下面的秘密通道肯定也塌了！”

“你认为这是意外？”卡特喊道。

“我不知道啊！别冲我嚷嚷！”

“卡拉根，”瑞德利说，“他知道那些通道贯通全镇！”

希奥艰难地吞了口唾沫，而后看向米克和艾米莉，他俩也一样吓得不轻。接着他想起了巨橡园酒店文德尔·韦斯珀斯宣传海报上的同字母异序词。

“解散非凡魔术团。”他喃喃道。他想起了早些时候捡到的烟头，烟头上写着：不错的选择，希奥。他本不打算参加魔术团演出的。他转向朋友们说：“海报是个警告。我们没听他的警告。”他得去看看商店。“保护好动物们！”他向瑞德利喊道。

希奥跑到街上，身后有脚步声响起。卡特和莉娜很快来到他身边。“魔厨老爸，”莉娜哽咽道，“他大概还在工作。我要给他打个电话。”

希奥站在路边，透过渐渐停落的尘埃，能够看到商店里面的情形。“我觉得电话可能炸没了。”

远处传来警笛声，矿泉镇消防队正赶过来。

“怎么办？”卡特问。

希奥四下里寻找他的家人，可人群混乱难以分辨。此时大家都转移到了公园安全的地方。

“嘿，孩子们，”不远处传来一个声音，“这儿不安全。”

一个黑衣身影站在隔壁商店门口。希奥心中的恐惧越发强烈，他知道这就是今天上午偷听非凡魔术团开会的人，那个穿着韦伦先生的衣服逃走，最后变成衣帽架的人。希奥这时感到莉娜握紧了他的左手，卡特拉起了他的右手，他们一同转身往回走。“听到我的话了吗？”他又大声说，“这是你们最后的地方了。”

黑衣人一只戴黑手套的手伸进斗篷，掏出一支小棒，小棒中间是黑色，两端都涂成了白色。那是支传统的魔术棒，跟韦伦先生店里展示在玻璃柜中的那些别无二致。

只是魔术商店不复存在了。

他挥舞着魔术棒，希奥简直无法从那上面移开双眼。他手腕一抖，魔术棒就变成了——

一柄又长又尖的刀，在街灯下闪着寒光。

“快跑！”希奥大喊。

他们拔腿跑过街角。

天色已经全暗了下来，繁星满天。希奥和卡特、莉娜沿着街道奔跑。在一处斜坡处，希奥差点儿被鹅卵石绊倒，不过随后他很快找回平衡继续向前奔跑。

爆炸使得这个街区的路灯都熄灭了。他们跑过一家又一家黑漆漆的店铺。身后传来脚步声。黑衣人快追上来了。希奥努力不去想他手里紧握的那把尖刀。

“往哪边跑？”莉娜气喘吁吁地问。

“那条路就行，”卡特答道，“他快追上来了。”

希奥抓住他俩的胳膊，大喊着催促他们往前头的小巷跑。

两侧的砖墙挤挨着他们，随着奔跑向前，狭小的巷子逐渐开阔起来。希奥回头望向小巷入口，只见一道黑影闪过。

三人飞快跑去一处开阔的停车场，那里黑漆漆的，是几家店铺和几间住房的后墙围出的一块相对独立的区域。电力仍旧没恢复。教堂尖塔的轮廓高高耸入头顶的天空。

“这边走。”希奥指向教堂旁的石子小路。

身后传来疾驰在沥青路上的脚步声。似乎不管他们藏在哪儿，那个黑影总能预测到他们下一步的行动。

而且离他们越来越近。

卡特把手伸进口袋，打了个响指，一团火球照亮夜空。他把火球猛地扔向身后那个影子。火球划过夜空，像一颗流星，坠落在黑衣人的脚边。只见他一跳脚，迈过火球，继续追扑过来。

莉娜晃了晃肩膀，脱下约束衣，黑色的衬衫让她融入了黑暗的夜色中。在教堂边的小路跑到一半时，她转身把约束衣扔向黑衣人。他的双臂立刻挡住脸，仿佛双臂也有意识似的。黑衣人第一次慢了下来——甚至还打了个趔趄。

莉娜改变方向，把两个男孩拖进一片灌木丛中。她做了个手势，让大家不要出声。蹲伏在灌木丛中的三人，看着仅在几步开外的黑衣人忙乱地挣扎着拨弄约束衣。

仅几秒钟的时间，他就甩掉了约束衣，把它扔在地上。意识到三个孩子已经消失无踪，他在花园小径中央停了下来，四处张望着。

希奥屏住了呼吸。莉娜抓着他的胳膊。卡特捂着自己的嘴。瑞德利和双胞胎还好吗？希奥担心着。艾米莉和米克呢？

黑衣人的目光停在灌木丛中。他踏到草地上，距离他们的藏身之处只差几步远。

教堂一角处，希奥听到一个声音在低语："我们分开行动。卡特走那边。莉娜走另一边。我绕过去走另一边。"希奥脖颈上泛起鸡皮疙瘩：那是他自己的声音！

他想起来一定是艾米莉。她在模仿自己说话，利用声音来扰乱追踪者的判断。

黑衣人上钩了。他返回到小路上，朝着假冒的希奥的声音奔去。

卡特和莉娜大睁着眼睛瞪着希奥。"是艾米莉，"他做出口型说，"她在帮我们。"他朝来时的停车场努努嘴。他们小心翼翼地爬出灌木丛，轻轻走过草地，支棱起耳朵听辨脚步声。脚步声没有传来。

三人朝停车场走去，走到半途中，一个音调毫无起伏的声音在身后响起：“我是达令·丹尼尔。你们是谁？”

三人转过身去，只见一个暗影站在十几步开外的地方。他们僵在了原地，天旋地转。希奥只觉自己似乎被卷入了一场自己不愿参加的魔术中来。

“滚开！”莉娜喊道。

“离魔术团远点儿！”卡特大吼。

“我是达令·丹尼尔，”韦斯珀斯的玩偶回道，“你们是谁？”

“我们是非凡魔术团！”希奥大声吼道，吼得喉咙都疼了，“你会为你的所作所为付出代价的！”

又一个声音从三人中响起，那是一个熟悉的声音。“我是丹特·韦伦，”它说，“我都……干了些……什么啊？”

“爸爸？”莉娜问。

“那不是你爸。”希奥劝她道。

黑衣人的斗篷底部亮起一道火花。火花登时爆燃，很快便吞噬了他的整个身体。希奥、莉娜和卡特害怕地紧紧靠在一起，看着熊熊燃烧的火焰。

笑声回荡在停车场边的房屋之间。

希奥这时才醒悟过来这不过是个魔术戏法，只为误导他们。又是一套挂在衣帽架上的衣服。三人的注意力被火焰分散的时间越长，他就越有更多的时间准备下一个幻象。

接下来发生的事情可怕极了。

“快点儿！”希奥拽了拽卡特和莉娜的袖子，然而一回身，却不知撞到了什么坚硬的东西。

不，不是东西，希奥意识到，是人。

希奥抬起头，那人帽子的帽檐遮住了满天的星星。“卡拉根！”他几乎喘不过气来。

希奥只觉几根有力的手指擒住了他的胳膊。

“抓到你了。”那个身影说着，轻声笑起来。

第 24 章

莉娜和卡特尖叫着逃开了。

卡拉根把希奥拉近身边，用力地扭过他的身体，一只胳膊兜住他的胸膛。不知什么东西扼住了希奥的喉咙，压迫在他下巴下方。

“你……你想干什么？”希奥结结巴巴地问。

“我想让你们……消失。”一个低沉、粗哑的嗓音道，与希奥先前听到的声音完全不同，“你做了个愚蠢的决定，希奥。”

“放开他。”卡特请求道。他伸出双手证明袖子里没有藏任何施展戏法的东西。

“求你了，”莉娜也说，“他只是个孩子。”

“只是个孩子。”卡拉根回道，“你们这些孩子今年夏天可做了不少坏事。我的计划——”

停车场另一头传来一阵脚步声和轮子转动的声音。有人在燃烧的衣帽架对面停下。“希奥！”瑞德利尖声喊道。接着她盯着戴帽子穿斗篷的男人，脸色阴沉下来。“你……你这个坏蛋！如果你伤害他，我就……我就……”

“你就怎么样？”卡拉根饶有兴趣地问，声音粗哑，“用你轮椅里面的水喷我？”他又转向卡特和莉娜：“用你们的扑克牌划伤我，用绳子把我绑起来？”他又看向火焰那边，对奥利和伊兹喊道：“还是你们两个跳踢踏舞把我跳晕？”他的笑声从嗓子眼儿里挤出，像正在加速的蒸汽引擎冒出烟雾一样。“真可爱呀。孩子们，你们还不知道自己的对手是哪号人物吧。”

一个声音从希奥和卡拉根身后传来：“你也不知道。”

希奥还没来得及细想，就听到“砰”和“咔嚓”的声响，还有几乎刺破耳膜的尖叫声。他被推向前去，刀尖划过他的皮肤。他连忙挣脱出来，转身才发现艾米莉·墨里迪让正站在他前面，抬起双手摆出格斗架势。

卡拉根翻滚到艾米莉的攻击范围外，而后连忙站起身，将全身的重量放到一条腿上，因疼痛而龇牙咧嘴。“你犯下这辈子的大错了。”

希奥吹了个口哨，响亮且悠长，既是转移卡拉根的注意力，同时也是在发出求救信号。卡拉根似乎有些困惑，虽然只是短暂的一会儿，艾米莉却有了时间给希奥、卡特和莉娜打手势，让他们赶去火焰另一侧的瑞德利和双胞胎那边。“我才不信，”她对卡拉根说，“这些魔术少年可比你认识的那些人强大。”

卡拉根举起魔术棒指向艾米莉，说：“希望能比你父亲强大。”他摸了摸脖子，那是米克留下伤疤的位置。

他的话让艾米莉猝不及防，正中他的圈套。卡拉根猛冲过来，此刻他的腿也不跛了，刀尖映着火焰闪出橘色的光。

头顶传来拍打翅膀的声音。希奥毫不犹疑地吹响口哨，鸽子便向卡拉根俯冲下来。它们凶猛地拍打着翅膀，用爪子抓他的脸。卡拉根尖声叫着，试图逃走。

你瞧，朋友们，希奥把韦伦先生的忠告记在了心里：魔术师万事都要思虑周全，想到各种可能性并做好准备。在和哥哥姐姐们排练音乐选段以及和朋友们监视文德尔·韦斯珀斯的间隙，希奥一直在和他心爱的鸽子练习这一招。自从几个星期前把这招用在特雷弗身上，他就想着要再打磨打磨这个技巧，以备不时之需。而鸽子们也完美地配合了他的指令。

艾米莉趁机逃跑，绕过火焰，来到非凡魔术团成员身边。

卡拉根呻吟着，手脚忙作一团，鸽子仍不依不饶地继续攻击。最后他抓起斗篷，抡起胳膊旋转起来，企图在鸽子和自己身体之间隔出一片屏障来。鸽子们撤回到屋顶上。没多久，斗篷落在地上。

他又消失了。

刚刚太紧张害怕了，放松下来希奥才发觉膝盖疼痛，一下跪在了沥青地面上。艾米莉赶在他的脑袋撞在地上之前扶住了他的肩膀。卡特、莉娜、瑞德利和双胞胎围了过来。希奥看看他们，又看看布满繁星的天空，他曾梦想能够自由翱翔的地方。脖子上刀片划过的地方疼了起来，他用手摸了摸，还好没流血。谢天谢地。

关切的声音环绕着他。

“他还好吗？”

“他晕过去了？”

“要找人帮忙的吧。”

“我们把他抬走吧。”

有人在附近喊道：“孩子们！”

一个穿黑斗篷、戴着礼帽的人从小巷里走出。

难道是卡拉根回来了！希奥想坐起来，可身体不听他使唤。

莉娜却一跃而起。“爸爸！”她大喊着奔向来人。这时希奥才注意到那人帽檐边支棱出的白色头发。莉娜用尽全力一下抱住韦伦先生。“还好你没事。”她一遍又一遍地说，直到韦伦先生把她推开，看向非凡魔术团其他人。

“是，我没事。”他亲了亲莉娜的额头。接着他看向希奥的眼睛问：“但是你怎样啦？”

艾米莉借用肩膀的力量，扶希奥坐起身，然后站起来。瑞德利走到希奥另一侧，好让他扶住自己的胳膊。她脸色苍白，眼角湿润。“我还好。”希奥有气无力地回答。

“韦伦先生！”卡特叫喊出来，跑向他们的导师，“我们的魔术商店没了！”

韦伦先生面色凝重。“我知道。爆炸前不久我刚下火车。谢天谢地，魔厨韦伦先生那时在山上的酒店里。不过现在那都不重要了。快来，”他招呼大家跟他走进小巷，“现在先检查检查大家有没有受伤，公园边上停了好多救护车……”

众人走上返回公园的路。希奥下意识地觉得，那个伤了他的黑衣人还在暗处监视大家。

他再次回头，那团燃烧的东西落到地上，散成灰烬又飘到空中。

第 25 章

对希奥来说，接下来发生的一幕幕像浓雾一样漫漫无边，飘摇在他的脑海。

不过，时而也有清晰的时刻。

他会想起在矿泉镇心理诊所度过的几天，医生们持续观察他的情况。他们说他患了休克症，希奥觉得这更像是观看了十分有趣的魔术后的反应，而非严重的心理创伤。父母轮流守在他床边。来看他的人络绎不绝：他的哥哥姐姐们，两位韦伦先生，当然还有非凡魔术团成员。

人人都向他述说此刻外面发生的事情。

韦伦魔术商店被炸毁了，卡特、莉娜和两位韦伦先生在巨橡园假日酒店的一间套房住了下来。大礼帽、佩莱斯托和多多也都安全地安置在那里。

调查员勘查了城镇地下的秘道，发现有人在魔术商店下面偷放了炸药。

《公报》刊印出文章，披露玩偶里藏有无线电发射装置。现在不必再到处寻找玩偶了，车道尽头或小巷的垃圾箱里常能看到探头探脑的达令·丹尼尔。

与韦伦魔术商店的境况差不多，墨里迪让的乐器店也关门了，不过缘由不同。莉娜和卡特去看望艾米莉和米克时，才发现前窗玻璃上贴了一张告示，上面写着：亲爱的顾客，墨里迪让一家要搬走了。谢谢您多年的厚爱。希望您在未来的音乐道路上一帆风顺。爱你们的，米克及艾米莉·墨里迪让。

没有亲眼看见，希奥不愿相信艾米莉已经走了。清晨去诊所的路上，他让父母开车绕到乐器店。

里面没有亮灯。希奥走下车，脸贴在玻璃窗上，原先挂在墙上的乐器都不见了，只留下曾经挂着乐器的绳线和钩索。

希奥回到停在路边的车上，他的心像被掏空了一样。曾经生机勃勃跳动的心，如今只剩一片空芜。

★ ★ ★

大约一个星期后，希奥参加了朋友们在巨橡园假日酒店举办的私人早午餐宴。魔厨韦伦先生准备了佛罗伦萨鸡蛋饼、几叠蓝莓煎饼、柠檬烤饼和许许多多各种味道、各种颜色的甜甜圈。

他们是餐厅里唯一一桌食客——高大、宽阔的门将度假区的顾客隔在外面。瑞德利在桌上敲了敲，提醒大家注意。“我仔细思考了卡拉根放在海报上的同字母异序词，”她说着打开笔记本，“又排了排达令·丹尼尔说出的话。共有六句，还记得吗？”她把笔记本转过来给大家看。

“记得，”希奥答道，“有什么不正常吗？”

莉娜尖声叫起来。“噢，天哪！”她看向父亲，“爸爸，这太吓人了！”

丹特·韦伦坐在桌首，神情严肃。

“谁能帮忙说说到底怎么啦？”卡特请求道。莉娜的手指滑过纸页一侧，指着每句话的第一个单词。卡特大声读了出来：“Made. You. Look. No. Escape...Now.（现在你们无路可逃。）”他的脸色霎时像桌上的瓷器一样苍白，最后他哽咽起来。

希奥只觉头皮发麻。双胞胎则骇然地盯着笔记本。

“我们还没掌握卡拉根的踪迹，”韦伦先生说，“瑞德利的这个发现对非凡魔术团的现在及将来都很不利。”

“什么意思？”希奥问，“我觉得我们比以前好。”

“这就是问题所在，”韦伦先生说，“一定不能让卡拉根知道。”

“你是说……”卡特不解地问，“我没听明白。”

瑞德利抱着胳膊。“他是说米克和艾米莉的思路是对的。”

她看向年长的魔术师，努力读出他的心思，“我们不应再见面了。”

“果真，爸爸？”莉娜问道，环视着桌边的朋友，“可我们一定要见面。他们都是我的朋友，我最好的朋友——永远都是。”

韦伦先生清了清嗓子。“瑞德利说得对，我想非凡魔术团该解散了。”

一股莫名的感觉爬过希奥周身。

奥利坐直了身体。“我会更加用心的。”他说，“不分心，专注魔术。”

“我也是，”伊兹说，“我一直讨厌分心。分心是如此地误事，我们会督促大家坚持练习的。”

韦伦先生摇着头说：“只要卡拉根还认为你们在跟他作对，还认为你们是我的小帮手，就会不停来骚扰。骚扰你们。骚扰我们。我不想吓唬你们，可是……我很担心。你们总是同进同出，像今年夏天这样，只会越来越危险。所以一定不能再让卡拉根看到了。”

韦伦先生说最后一句话时的神情深深扎根在希奥的脑海里。

一定不能……

“可是韦伦先生，”卡特继续道，“我们认为只要卡拉根还在矿泉镇，就一定能找到他。即便他做了伪装，艾米莉踢在他腿上那一下，他也不可能装出来。当时砰的一声，很响亮，我们都听到了。我们要做的就是搜寻受伤的人，在那里面查找。”

“恐怕那还不够。”韦伦先生说，“据我最近北上出差得到的消息，我担心他有办法避开追查。”

莉娜皱起了眉头问：“您还不打算告诉我们外出期间的事？”

韦伦先生眨了眨眼。“我只能向你们说声抱歉，这些日子没能陪在你们身边。上个月桑德拉·桑托斯现身后，我就该告诉你们米克·墨里迪让是绿宝石戒指俱乐部成员，就住在矿泉镇上。我想我该认识到，不坦露秘密虽然在魔术中至关重要，在现实生活中却弊大于利。”

“所以，我们现在该做什么？”瑞德利问，“不要再跟彼此说话？”

韦伦先生低下头。“假装不再说话，假装你们已经解散，永远没有重聚的可能。只有这样，他才会转移矛头。对不起，是我让你们身处险境。”

非凡魔术团成员们彼此交换着眼神。大家沉默无语，他们之间无须多说。

★ ★ ★

“失去”朋友的前几天是最难过的。

希奥有哥哥姐姐们陪伴，不过他们的长假马上也要结束了。

“明年见！”门前的车道上，利奥和希奥拥抱道别，“坚持练琴，会对你有好处的。”

八月接近尾声，希奥开始为新学年做准备。爸妈为他买了一套新西服，替下了夏天弄脏的那套。他又飞快地阅读了英语老师布置的几本书。

一个下午，信箱里收到一封署着希奥姓名的信。上面没有邮票，没有邮戳，也没有寄信地址。里面是一封折叠整齐的信。信纸里塞了一把黄铜钥匙，拆信时落在了希奥的手上。

亲爱的希奥：

非常抱歉先前没有机会和你道别。今年夏天发生了好多事，我想告诉你，我喜欢和你一起度过的那些时光。爸爸担心如果我们继续待在矿泉镇，乐器店会成为攻击目标，就像韦伦先生的魔术商店那样。

现在给你写信的我，还有我的家人都很安全。妈妈和爸爸正努力渡过难关。我知道这并不容易，且要花费一定的时间。爱，如节拍器的内部构造一般复杂。不过现在，我们在一起的时间比以前多了很多。希望还来得及和你正式说声再见。

希望未来有一天，我们能再见面。

你的好友

艾米莉·墨里迪让

希奥擦干眼泪，把信收进床边的抽屉里，钥匙紧紧握在手里。他出门走向中央大街，慢慢吞吞，好让自己从思绪里走出来。

他听着过往车辆的声音，听着后院秋千上孩子们的喊叫声，留神着那可能随时跟踪他的幽灵般的脚步声。他希望瑞德利能陪在身边，同时又明白这样只会更加危险。

转过几周前还矗立着韦伦魔术商店的那条街，希奥停下了脚步。如今这里成了一片空地，连地下室都被填埋了起来，仿佛有人用一块巨大的橡皮擦，把矿泉镇最具标识性的部分从地图上抹去了。他继续向前，目的地近在眼前，此刻的希奥已是气喘吁吁。

乐器店的窗户仍旧暗着，映照着希奥不苟言笑的脸。他从口袋里掏出黄铜钥匙，插入锁孔。如预料之中一样，轻轻一扭锁就开了。

艾米莉为何把钥匙留给他?

希奥走到商店深处，曾摆放着数不清乐器的架子上空空荡荡，米克曾制作过稀奇古怪装置的工作台已经荒废，孤寂回荡在空空的房间。工作台上摆着一个小包裹。希奥屏住呼吸，拿起包裹，来到商店入口处的亮光下照看。

这是个长方形的盒子，比面包盒稍小，用棕色厚纸包裹，又用麻绳整齐捆好。旁边有一张字条，写着：安全存放。他四周看看，确保这不是个圈套，确保无人藏在暗处，伺机从暗处走出，手持闪着寒光的尖刀。他来到店外，转动钥匙，锁上了门。

没走几步，希奥就按捺不住好奇心，拉开麻绳，撕掉包装。

是一只饰有复杂的五光十色饰物的木盒，似乎没有盖子，也没有明显的可打开的地方。过了一会儿，希奥注意到那些饰物可拼成几个字母：

MXM。

这只盒子似曾相识，希奥花了几秒钟才想起来，今年春天

卡特来到矿泉镇的时候，带了一个几乎一模一样的盒子，他的那只上面写着 LWL。莉娜在巨橡园度假酒店配楼的地下室也发现了一个，上面写着：AIS。

希奥明白过来，这些字母是姓名首字母缩写。AIS 代表桑德拉·桑托斯，那个有特异功能的人，她的真实名字是艾利桑德拉（Alessandra）。LWL 代表莱尔·洛克，卡特的父亲。这样说来，MXM 代表的是米克·墨里迪让。

安全存放，字条上这样写着。这几个字让希奥记起，在被炸毁的魔术商店外，卡拉根对他和卡特还有莉娜说的话。

不安全。

希奥打了个寒战，把盒子藏进外套里。他多么希望能问问非凡魔术团的朋友们如何看待这件事。为什么米克要把这个盒子留给他？里面藏着什么东西吗？

回到家里，希奥把盒子藏在衣柜后壁存放多余枕头的那层架子上。他不敢说这是不是最安全的地方，不过眼下也只能藏在这里了——至少在他拿到更多信息之前只能放在这里。

他带着小提琴下楼，往后院去，来到鸽笼旁，鸽子低声咕咕叫着。向里看去，鸽笼地板上躺着三个纸卷。他打开铁丝网门，捞起纸卷。

希奥来到院子里，坐在夏天利奥练习大提琴的椅子上，一一打开纸卷。他从口袋里掏出特制硬币，破译纸卷上的内容。而后打开提琴包，拿出一小叠纸，把其中一张撕成三条。他对照着硬币，把自己的信息写在三张纸条上，而后一一卷起，回到鸽笼旁。他把纸条分别系在三只鸽子腿上，而后放飞，望着它们迎着落日飞去，一只前往瑞德利家，另两只去往假日酒店，分别给双胞胎、卡特和莉娜送信。

希奥一点儿也不担忧，他相信鸽子们很快就能回来。

他返回到打开的提琴包旁，从口袋里取出魔术琴弓，举在空中，片刻后，小提琴升了起来，像位老朋友一样落在他手上。他把小提琴放在下巴下，琴弓搭在弦上。

旋律飘出，随风盘旋、舞蹈在斯坦因·迈尔家的房子上空，而后向更远处飞舞，盘桓在矿泉镇的天空中。

他时而迅速运弓，时而缓慢，时而断音，情绪随着音律汹涌而出。开心、孤独、骄傲一齐涌上心头。接下来将发生什么，他不知道，然而眼下他不会停止前进的脚步。音律翻飞曼舞，却总是准确合拍，就像放在他卧室桌上的节拍器一样。

嘀嗒嘀嗒嘀嗒……

魔术秘籍

自动上升的扑克牌!

如果当时认真听了的话，你应该还记得在本书第一节魔术课里，我请你在某一页上留个标记，方便日后翻看。聪明如你，肯定已经做了标记。现在就请重温当时的神奇时刻吧。（找找你的书签，或者羽毛、玫瑰花瓣、假胡子……）已经想到我会再提醒一遍的聪明读者，也请翻回到第19页。放轻松，这么做不算作弊。

找到那个魔术了吗？那个魔术叫“巧猜扑克牌”。

非常好！下面的这个魔术可以紧接着“巧猜扑克牌”表演，也可以单独表演。不论你选择怎么表演，都能让你的观众开心不已，都能让他们忍不住想要为你喝彩。

所需材料：

一副普通的扑克牌

攻略步骤：

1. 邀请一位志愿者观众，和他一起表演“巧猜扑克牌”。

2. 当你定位到志愿者选中的那张牌之后，从那张牌开始，把整副扑克牌分成两叠。在将两叠牌合拢时，要确保那张牌位于整副牌的最上方（花色、点数正对自己）。

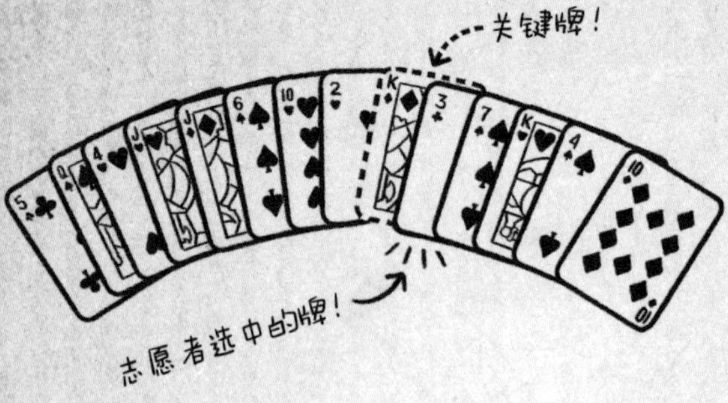

3. 一只手握住整副扑克牌，所有牌的背面朝向观众，让他们能清楚地看到最后一张扑克牌背面上的花纹。志愿者所选中的那张牌在这副牌的最上面，离你最近。

4. 伸出没有握牌的另一只手，把食指放在扑克牌上方，手指不要指向自己。

5. 向观众介绍自己的食指有魔力，能够让一张牌自己从这副牌里升起。你可以在继续表演之前朝着手指吹吹气，或者在衬衫上摩擦摩擦，做出似乎在给手指充能蓄力的动作。

6. 慢慢放低食指，把食指轻搭在扑克牌上面。

隐秘魔术动作：

食指向下运动时，伸出这只手的小拇指，抵在纸牌上面。不要让观众发现这个动作。

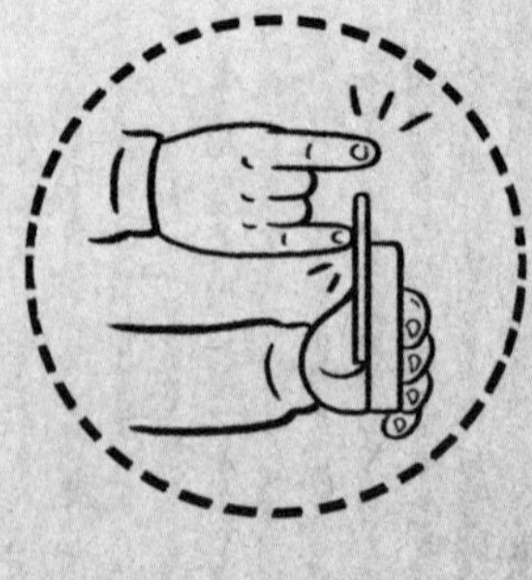

7. 慢慢抬起食指，同时小拇指也继续抵在扑克牌上。靠小指与牌面之间产生的摩擦力提起最上面的那张牌。就这样，随着你充满“魔力”的食指逐渐抬高，志愿者选中的那张牌便缓缓升起……与此同时，观众们也准会大吃一惊。

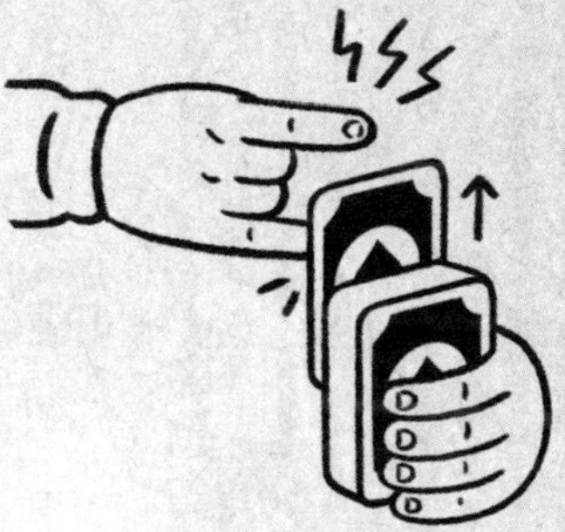

8. 为了不露出马脚，当那张牌升到一半时，就要用食指和大拇指捏住牌的上端，把它从整副牌里抽出。与此同时，迅速将小拇指收进手掌，将纸牌交给志愿者查看。

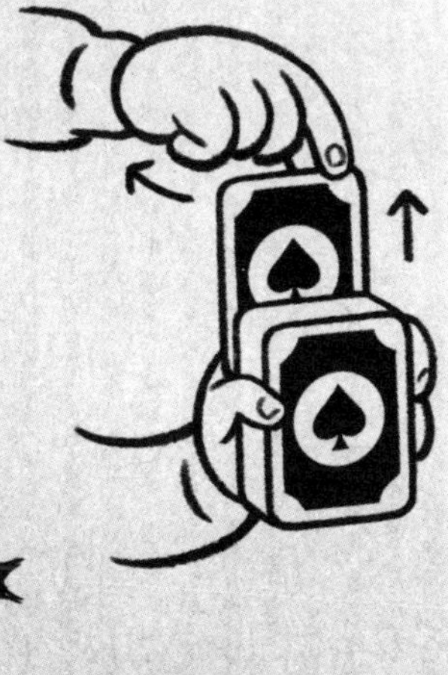

9. 微笑，并深鞠一躬吧。

暂别

谢谢你，朋友，选择和我以及非凡魔术团度过这段时间。我知道这个故事的结尾一定让你揪心不已，不过不要失落，新的故事就要开启啦。

那将是一个怎样的故事呢？

冒险、欢笑、欺骗、真相，以及更多的魔术，让你仿佛身临其境。就像墨里迪让乐器店里捆扎盒子的麻绳此刻系成了蝴蝶结，我保证你们所有的疑问都将得到答案。

我不敢说那个蝴蝶结有多好看。

不过，那仍是个蝴蝶结。

你也许会好奇希奥在鸽笼里发现的纸卷上都写了什么。我把内容附在下面，可以读读看，你能否破译它们呢？当然，对希奥来说，这是他必须解出的谜题。

阅读结束后，请一定马上拥抱你爱的人。谢谢你的朋友成了你的朋友，谢谢你的家人成为你的家人。出门去创造些美妙的事情吧。变几个魔术。在这一方面，你应该已经有足够素材了。你爱的人将充满感激，因为你为他们带来笑容，就像我感激你那样，我的朋友。

下次见面时，请你保持明媚、勇敢、友善，以及好奇心，成为非凡少年。

成为推动这个世界改变的魔力。

鸽笼里的秘密

Jfrvg sviv. Nrhh blf zoo.— O & X

Nliv wlooh zg gsv ivhlig. Glhhvw gsvn lfg orpv bvhgviwzb’h mvdh.— L & R

Dliprmt lm hlnvgsrmt yrt. Nliv gl xlnv.— I

Ulfmw hlnvgsrmt. Nvvg zg gsv hvxivg olxzgrlm glnliild?—♥ G

（答案见第 253 页。）

A B C D E F G H I J K L M N O P Q R S T U V W X Y Z
z y x w v u t s r q p o n m l k j i h g f e d c b a

参考答案

这是个类似莫尔斯密码的谜题。利用希奥特制的硬币，你就可以揭开谜底。

Quiet here. Miss you all. —L&C

（这里风平浪静。想念你们所有人。——莉娜 & 卡特）

More dolls at the resort, tossed them out like yesterday's news. —O&I

（酒店里还有很多玩偶，都像昨天新闻里说的那样扔掉了。——奥利 & 伊兹）

Working on something big. More to come. —R

（干件大事，揭开更多真相。——瑞德利）

Found something meet at the secret location tomorrow? —♥T

（明天找个秘密的地方聚一下？——♥ 希奥）

致谢

特别感谢迪尔德丽·“马戏演出指挥”·琼斯、劳拉·“驯狮员”·诺兰、佐伊·“心灵感应师”·查宾、丹·“腹语师”·鲍勃洛基、利茜·“女士文身师”·马林、凯尔·“男士文身师”希尔顿、乔纳森·“魔术师”·拜姆、蒂莫西·“魔术师助理”·梅奥拉、大卫·“公牛训导师”波特加加入我的魔术团，感谢小布朗出版社所有辛勤的工作人员，特别是梅根·廷格里、卡丽娜·格兰达和阿尔维那·林格。

还要感谢享誉世界的魔术城堡——魔术艺术协会之家——的每位成员。就我这样的成年魔术师而言，魔术城堡是如今最伟大的俱乐部，它持续不断地鼓励着不计其数的人挥动魔术棒，学习新的技法。向你们致以最崇高的敬意！

C B A

H G F E D

M L K J I

R Q P O N

W V U T S

Z Y X

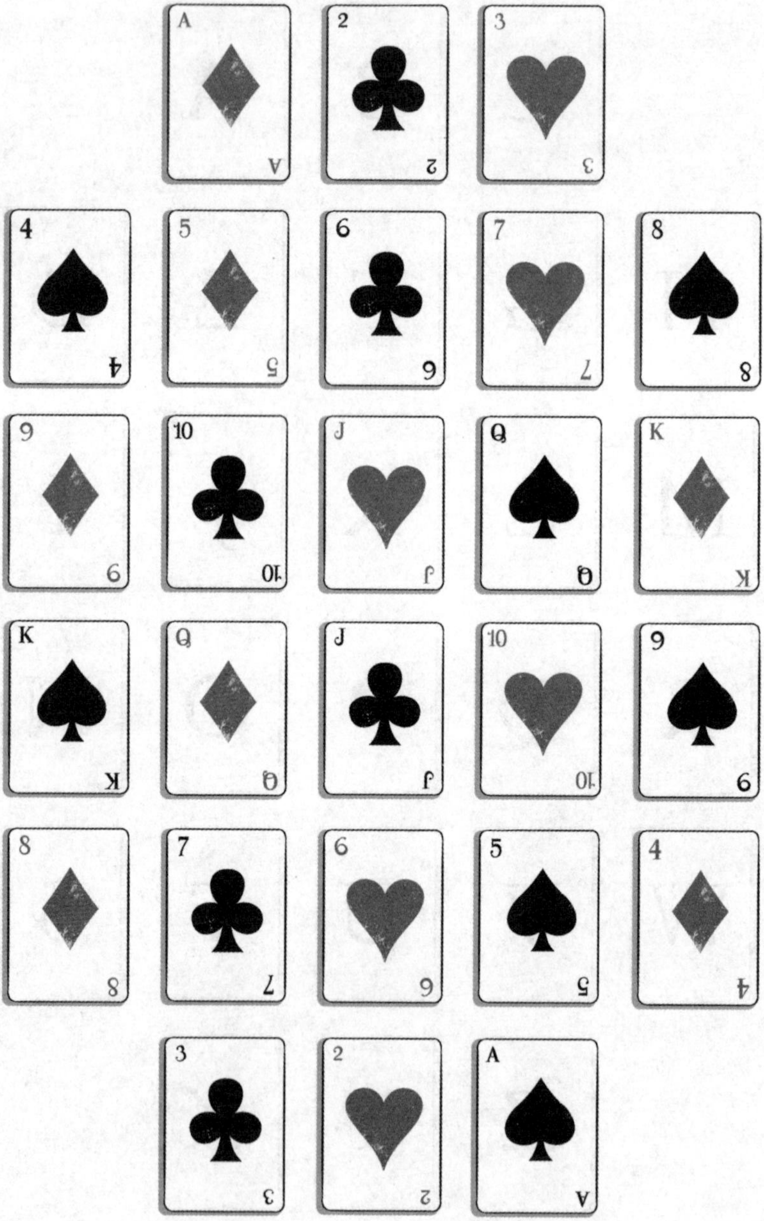
A 2 3
4 5 6 7 8
9 10 J Q K
K Q J 10 9
8 7 6 5 4
3 2 A

精彩不断
未完待续

……